Ex libris Bibliothecæ quam Illus-
trissimus Ecclesiæ Princeps D
PETRUS DANIEL HUETIUS
Episc. Abrincensis Domui Professæ
Parij. PP. soc. Jesu Integrā vivens donavit
An · 1692.

XVII.

E

EVROPE.

COMEDIE

HEROIQVE.

Sur l'Imprimé

A PARIS.

Chez HENRY LE GRAS, au
troisiéme pilier de la grand'
Sale du Palais, à L.
courounée.

M. DC. XXXXIII.

Quiconque ayme la France, aymera cet ouurage,
Et qui ne l'ayme pas, en maudira l'Autheur.
Tu me vas coutenter, qui que tu fois, Lecteur;
Des vns i'ayme la ioye, & des autres la rage.

LE LIBRAIRE AV LECTEVR.

SI cette Piece qui m'est tombée entre les mains, est toute allegorique, comme plusieurs l'ont estimée, & si elle represente l'ambition des Espagnols pour se rendre maistres de l'Europe, & la protection que luy donne le Roy auec ses Alliez pour le garentir de seruitude; Vous pourrez iuger, cher Lecteur, que nous sommes autant au dessus d'eux par l'equité de nostre cause, que cette façon d'écrire est au dessus des bouffonneries qu'ils ont faites à Madrid & à Bruxelles, sur quelques mauuais succez qui nous estoient arriuez; & des inuectiues atroces contre le Roy & ses Ministres, qu'on trouue to⁹ les iours dās les pacquets qui viēnent d'Allemagne. Biē que le Roy se côtente de leur repartir auec les armes, & de repousser leurs iniures en poussant plus auant ses frontieres; Il ne deffend pas à ses subjets de parler, lors qu'ils en ont vne si belle matiere, & n'a pas desagreable que ceux qui ne le seruent pas auec le fer, le seruent auec la plume, & fassent voir que nous surmontons nos ennemis en toutes choses. Vous iugerez encore que l'Autheur accusant de quelques vices quelques vns des Personnages de la Piece, a entendu parler des vices que l'on attribuë aux Nations, n'ayant pas mesme épargné la noftre, pour se mouftrer equitable. mais qu'il n'a point entendu parle des Princes qui les commandent, lefquels n'ont aucuns de ces deffauts; & que reprefentant Ibere, il a reprefenté feulement l'Espagnol en general : ce qui eft manifefte en ce que ceux qui ont veu le Roy d'Espagne, fçauent qu'il eft d'vn teint bien contraire au bazané; & qu'il eft bien éloigné d'auoir les qualitez de violent & d'artificieux, que l'on attribuë a Ibere dans cet ouurage.

<hr>

PERSONNAGES.

EVROPE.
FRANCION.
IBERE.
GERMANIQVE.
AVSONIE.
AVSTRASIE.
MELANIE.
PARTHENOPE.
LILIAN
HISPALE.

EVROPE.

PROLOGVE.

LA PAIX

DESCENDANT DV CIEL.

V tranquille sejour de la voute
azurée,
Ie reuiens aux Climats des
mortels habitez,
Pour combler de felicitez
Ces lieux où ie suis desirée.
Assez ont brillé par les Champs
Les Casques emplumez & les glaiues trenchants;
Assez la triste horreur a regné dans le monde.
O vous, inuincibles Guerriers,
A qui tout a cedé sur la terre & sur l'onde,
Venez vous reposer dessouz mes oliuiers.

Quand de l'iniuste Mars la dure violence
Me força de quitter ces déplorables lieux,
I'allay me cacher dans les Cieux

PROLOGVE.

Entre la Vierge & la Balance.

En vain ie fuyois dans les bois,

Trainant ma sœur aueugle & ses debiles loix,

La Pieté blessée, & les Muses malades.

Là nous poursuiuoit l'inhumain;

Là ce ruzé guerrier dressoit ses embuscades;

Et le Ciel seulement nous sauua de sa main.

Apres tant de malheurs, de meurtres & d'outra-

Apres que ce cruel est lassé des combats;   (ges:

Et qu'il a le sanglants ébats

Soûlé leurs insolens courages:

Ie vay faire fleurir les arts,

Et le siecle fameux du second des Cesars

N'eut rien de comparable à celuy qui va naistre.

Fuyez, detestables Fureurs,

Allez dans les Enfers de serpens vous repaistre;

Et laissez en repos viure les laboureurs.

Ceres ne craignant plus les flames inhumaines,

Va de ses grains dorez remplir les magazins:

Les tertres féconds en raisins

Produiront à l'enuy des plaines.

Neptune verra sur ses eaux

Flotter en liberté les superbes vaisseaux,

Chargez de beaux tresors de l'Inde & de la Perse;

Par tout les Ports seront ouuerts;

Et l'accord mutuël d'vn paisible commerce

De biens & de plaisirs comblera l'Vniuers.

PROLOGVE.

Suiuez, suiuez mes pas, innocentes delices,
Amour de la Vertu, merueilles du sçauoir,
La Foy, l'Honneur, & le Deuoir,
Et tous les nobles exercices.
Des oreilles charme puissant;
Du luth & de la voix meslange rauissant,
Agreable Musique, & toy, rare Peinture,
Bel art, estonnement des yeux,
Dont le docte labeur imite la nature;
Plaisans amusemens, reuenez en ces lieux.

Passe-temps des humains & la terreur des bestes,
Le tumulte des bois, la guerre ae la paix,
Qui dans les forts les plus espais
Lancez les cerfs aux nobles testes;
Toy, plaisir des cœurs moüer z. (prez;
Amour des fleurs, des fruits, des ruisseaux & aes
Doux mesnage des champs, heureuse Agriculture;
Et toy, qui d'vn royal sejour
Plantes les fondemens, superbe Architecture,
Dans ces lieux fortunez regnez à vostre tour.

Amour, vse tout seul & de traits & de flames;
Toy seul impunement exerce les larcins.
Vous seuls, aymables assassins,
Beaux yeux, tyrannisez les ames.
Ballets, masques, desguisemens,
Tournois & carrousels, intrigues des amans,
Ie pourray de vous seuls jouïr les tromperies,

PROLOGVE.

Et vous, sacrez chantres des Roys,
Vos verues & vos feux sont les seules furies
Que pourront endurer mes equitables loix.

La troupe des neuf sœurs, de la terre bannie,
Va descendre du Ciel, pour former des accens,
Pareils aux accords rauissans
Que rend la celeste harmonie.
Elles n'auront pas à mespris
De monter sur la scene, & de plaire aux esprits
Par vn vers, ou comique, ou digne du cothurne.
Elles charmeront tous les sens
A chanter la douceur d'vn siecle de Saturne,
Auec la pompe & l'air des siecles plus recens.

Europe, qui du monde eut le plus beau partage,
Qui compte tant de Roys entre ses habitans,
Malgré l'orgueil de ses Titans
Va voir dißiper son orage.
Apres mille tourmens soufferts,
Vn Guerrier valeureux la va sauuer des fers
D'vn Tyran dont l'ardeur la veut rendre captiue.
Son heur sera suiuy de tous.
Apres le mal le bien : les fruits de mon Oliue
Au cueillir sont amers, & par le temps sont doux.

EVROPE.

ACTE I.

SCENE PREMIERE.

IBERE, GERMANIQVE.

IBERE.

Enereux confident de mon ardente flame,
A qui rien n'eſt caché des ſecrets de mon
ame,
Qui prens part àma gloire ainſi qu'à mes trauaux,
Quand ie veux retracer l'orgueil de mes riuaux;
Puis que le double nœud qui nous vnit enſemble,
Le ſang & l'inthereſt nos fortunes aſſemble,
Germanique, ayde moy, ſoulage ma douleur,
Et pour me ſecourir reſueille ta valeur.
Ie bruſle pour Europe, & ma fortune eſt telle,
Que ſans faire le vain ie ſuis ſeul digne d'elle.
Tant de Roys aſſeruis, tant de puiſſans Eſtats
M'ont mis au plus haut rang entre les Potentats.
Ie ſuis ſi cher aux Dieux, que du milieu de l'onde

Ils ont fait pour moy seul sortir vn autre monde;
Et pour me cõbler d'heur, ils ont fait naistre encor
Des riuieres d'argent & des montagnes d'or.
Toutefois cette Reyne à mes desirs rebelle
Se moque de l'ardeur dont ie brusle pour elle.
I'ay beau pour la dompter employer tous mes biens,
Tout l'or du nouueau mõde & tout le sang des miẽs
Tousiours elle m'eschape, & rit de ma poursuite;
I'espere en vain la voir dessouz mes loix reduite.
Ie luy reproche en vain mes seruices rendus,
Tant de soins mesprisez, & tant de pas perdus,
Tantost pour l'esmouuoir ie me rends redoutable,
Tantost ie m'adoucis pour me rendre agreable.
Europe, belle Europe, objet de mon amour,
Ah! ne pourray-je point te posseder vn iour?

GERMANIQVE.

Laissez ces vains soûpirs, laissez aux ames basses
La plainte & les regrets pour flater leurs disgra-
　　ces.
Consolez vous, Ibere, & croyez que les Cieux
N'ont point versé sur vous tant de dons precieux,
La valeur, le bon sens, l'ardeur, la patience,
Qu'afin de tout ranger souz vostre obeissance;
L'orgueilleuse beauté dont vous estes épris,
De vos grandes vertus sera le iuste prix.
Elle veut resister, mais nos forces l'estonnent,
Desia de toutes parts nos armes l'enuironnent.
Elle seroit à nous malgré tous les humains:
Mais tousiours Francien l'arrache de nos mains.

IBERE.

Il est vray que par tout ce riual m'importune.

GERMANIQVE.

Ses soins & sa valeur troublent vostre fortune.
Par tout il se presente, & contre nostre effort
Il oppose aussi tost la terreur & la mort.
Esperons toutefois que cette ardeur guerriere
Ne sera pas tousiours en sa forme premiere.
Bien que les siens soient prompts & hardis aux cō-
Le trauail les ennuye, ils n'y resistent pas.   [bats,

IBERE.

Europe cependant l'ayant pour sa deffence
Il peut par ses deuoirs gaigner sa bien-veillance.
Ie crains qu'en la seruant & luy faisant la cour,
Ce que ie veux par force, il ne l'ait par amour.

GERMANIQVE.

Elle sçait que les Francs ont de vaillans courages,
Mais sont impatiens, temeraires, volages.

IBERE.

Mais le Franc est adroit, beau, courtois, liberal;
Ce sont des qualitez à craindre à vn riual.
Toutefois cette Europe est d'humeur genereuse,
Graue, superbe, & sage, & non pas amoureuse.
Cette Reyne des Roys n'ayme pas dans sa Cour
Des Princes qui soient nez pour dōner de l'amour.
Il faut que par la force elle soit surmontée.
Elle ayme les combats & veut estre domptée.
Il faut donc employer & l'audace & l'effort,
Pour me rendre à la fin l'arbitre de son sort.

La voicy qui paroift, ofte toy, Germanique.
Que fans crainte à moy feul elle fe communique.
Nous remettrons la force à quelque autre faifon.
Il vaut mieux, s'il fe peut, la vaincre par raifon.
Ah! quelle majefté! quel éclat l'enuironne!
Quelle merite bien cette triple couronne!

SCENE II.

EVROPE, IBERE, AVSONIE.

EVROPE.

 *Oicy mon ennemy.*

IBERE.

Mais pluftoft voftre amant.

EVROPE.

Vous, dont l'ambition me trouble inceffamment,
Meritez-vous ce nom? ofez-vous bien le prendre?
Vous qui me détruifez au lieu de me deffendre?

IBERE.

Reyne de mes defirs, moderez ce courroux.
Nommer ambition l'amour que i'ay pour vous,
Dire que vous feruir foit vous faire vne offenfe,
Eft-ce de mes trauaux la iufte recompenfe?
Faut-il que mon amour vous donne du foucy?
Ie vous trouble, il eft vray, vous me troublez auffi.
Pour vo⁰ ie sẽs dãs l'ame vne ardeur qui me preffe.
Pour vous ie me tourmente & trauaille fans ceffe.

Ie ſuis pour voſtre amour à moy meſme inhumain.
Pour vous ſeule i'endure & le froid & la faim.
Tantoſt i'eſpere tout, tantoſt ie deſeſpere.
Ie ne ſay qu'entaſſer chimere ſur chimere.
Pour vous ſeule ie quitte & repos & plaiſir:
Ie bruſle, ie languis, ie me meurs de deſir:
Par vos froides rigueurs ma fieure ſe redouble.
Ne me troublez vous pas plusque ie ne vous trouble?

EVROPE.

Fut-il iamais amant ſi remply de fureur?
Porter dans mes eſtats le carnage & l'horreur,
Rendre de toutes parts mes Prouinces deſertes,
Violer tous les droicts, s'enrichir de mes pertes,
Entre tous mes ſubjets la diſcorde allumer;
Eſt-ce donques ainſi que vous voulez m'aymer?
Que feroit plus que vous vn ennemy barbare?

IBERE.

Cette ſorte d'amour vous ſemble eſtrange & rare.
Il faut ainſi pourtant eſtre voſtre vainqueur.
Qui ſert vne beauté doit voir quel eſt ſon cœur.
On en gaigne beaucoup par les amoureux charmes:
Mais pour vne guerriere on l'acquiert par les ar-
    mes.
Si les trauaux de Mars ſont vos plus doux ébats,
Ie veux vous faire voir quel ie ſuis aux combats.
Par la ſeule valeur la valeur ſe merite.
C'eſt ainſi que Theſée acquît ſon Hippolyte.

EVROPE.

Ibere, banniſſez ce ridicule eſpoir.

La force ny l'amour ne ſçauroient m'émouuoir.
D'Amant & d'ennemy ie meſpriſe l'attainte;
Et ie vy ſans deſir, comme ie vy ſans crainte.
Quittez tous vos deſſeins, & me laiſſez en paix:
Car ie veux demeurer vierge & libre à iamais.
Ie ne ſçaurois ſouffrir qu'vn des miës me maiſtriſe.
Ie les veux tous aymer, nul n'aura ma franchiſe.

IBERE.

Si nul de nous n'aſpire au bien de vous auoir,
Vn barbare eſtranger aura-t'il cet eſpoir?
Biẽ que le Ciel chez vous m'ait fait prẽdre naiſſãce,
Deuez-vous refuſer mon illuſtre alliance?
Quel eſt le lieu du monde exempt de mes exploits?
Rien n'eſt ſi grãd que moy, par tout on craint mes

EVROPE   (loix.

Rien n'eſt ſi grand que vous, quel orgueil vous in-
ſpire?
Francion eſt l'aiſné des Rois de mon Empire:
Il tient le premier ſceptre, il eſt du plus haut ſang.
Pouuez-vous par raiſon luy diſputer le rang.

IBERE

Des deux bouts de la terre à mon gré ie diſpoſe.
Le Soleil pour moy ſeul iamais ne ſe repoſe.
Si ma valeur dompta tant de peuples diuers,
Vous alliant à moy vous auez l'Vniuers.

EVROPE.

De ma propre grandeur ie ſuis aſſez contente.
Tous ces propos ſont vains, vous perdez voſtre attente.

Le Barbare ny vous ne m'asserurrez pas.
Ie sçay jusqu'où s'estend l'effort de vostre bras.
Ibere, on vous cognoist: cherchez quelques sauuages,
Qui par simplicité vous ouurent leurs riuages.
Pour vous cōbler de biens, comblez les de malheur,
Et contre vn peuple nud monstrez vostre valeur.
Mais pour moy qui ne crains vos ruses ny vos armes
En vain vous employez & la force & les charmes.
Ie suis & seray libre; & mon nom desormais
Sera de maintenir tous mes peuples en paix.

IBERE.

Vos mépris sont cruels, mais ma flame est plus for- (te.
Et quoy que ie souhaite, il faut que ie l'emporte.

EVROPE.

Ibere, laissez-moy : vos souhaits seront vains.

IBERE.

Ma grãdeur quelque iour vaincra tous vos desdains.

SCENE III.

EVROPE, AVSONIE.
EVROPE.

Oyez cet orgueilleux, agreable Avsonie,
Cet amant bazané, dont l'aueugle manie
Conçoit de grands desseins qu'il se forge en resuant,
Qui ne pourront enfin produire que du vent.

AVSONIE.

Il croit que tout luy rit sur la terre & sur l'onde;

Et ne pretend rien moins que l'Empire du monde;
Il croit que vous trouuez son orgueil fort charmāt;
Et que vous menacer c'est bien faire l'amant.

EVROPE.

Cette sorte d'amans fascheux, tristes, & sombres,
S'attachët à nous suiure ainsi que font nos ombres;
Et sans considerer leurs deffauts apparens,
Malgré tous nos desdains se rendent nos tyrans.
Ces bizarres esprits pensent dans leur caprice
Que nous persecuter soit nous rendre seruice;
Ils pretendent soudain vn empire sur nous:
Puis sans nous posseder ils deuiennent ialoux.
Ainsi cet importun me donne plus de peine
Par son fascheux amour qu'il n'eût fait par sa
    haine.

AVSONIE.

Il n'a pas tant d'effeĉt qu'il a de vanité.
Vous vous deffendrez bien des traits de sa beauté;
Et celuy qui paroist, si ie ne suis trompée,
Vous garantira bien des coups de son espée.

EVROPE.

O dieux! c'est Francion: qu'il nous vient à propos.
I'en veux faire auiourd'huy l'autheur de mō repos.

AVSONIE.

Qu'il a de majesté! que l'air de son visage
Monstre bien sa franchise & son noble courage!

SCENE

SCENE IV.

FRANCION, EVROPE, AVSONIE.

FRANCION.

Rinceſſe, cher objet de tous les conquerans,
L'arbitre de la terre & l'effroy des tyrans;
Merueilleuſe beauté que le Ciel a pourueuë
De tout ce qui rauit & l'eſprit & la veuë,
Riche, ſage, courtoiſe, amoureuſe des arts,
Cherie également des Muſes & de Mars;
S'il eſt vray que du iour que ie porte vne eſpée,
Touſiours à vous ſeruir elle fut occupée,
Si ma fidelité vous a pleu quelquefois,
Quand pour vous affranchir i'ay dõpté tãt de Rois,
Si vos contentemens ſont mes ſeules delices,
Reconnoiſſez mes ſoins, mes vœux & mes ſeruices.

EVROPE.

Valeureux Francion, les Dieux me ſont teſmoins
Que mõ cœur reconnoiſt voſtre amour & vos ſoins,
Et que ſi mon deſtin euſt voulu que ma vie
Euſt eſté ſouz l'Hymen quelquefois aſſeruie,
Recherchant vn amant digne de mon deſir,
C'eſt le ſeul Francion que ie voudrois choiſir.
Ce qu'on admire en vous, en quoy nul ne vous paſſe,
L'honneur, la courtoiſie, & l'adreſſe & la grace,
L'humeur libre & ſans fard, dõt chacun eſt épris,

B

La nobleſſe & les faits meriteroient ce prix.
Bien que i'euſſe vn peu craint, vous engageant mon
    ame,
L'inconſtance des Francs döt ſouuent on les blâme,

FRANCION.

Ah! ma Reyne, ceſſez de douter de ma foy.
Ce reproche eſt indigne & de vous & de moy.
Francion vous aymant ne peut eſtre infidelle.
Eſt-il Princeſſe au monde auſſi ſage, auſſi belle?
Par vne vieille erreur on croit les Francs legers,
Et pour vous conſtâment ils cherchër tous dangers.
Ie ne manquay iamais à vous eſtre fidelle.
Touſiours l'honneur me porte où roſtre voix m'ap-
    pelle.
Quoy? ſerois-ie imprudent, vollage & ſans arreſt,
Quand content de l'honneur ie quitte l'intereſt,
Quand ie ne pourſuis pas le fruit d'vne conqueſte,
Et ne veux qu'vn laurier qui couronne ma teſte?
Si mon riual deſpouille vn voiſin abbatu;
Il veut faire paſſer ſon vice pour vertu;
Et lors que noblement ie vous rends vn ſeruice,
Il veut faire paſſer ma vertu pour vn vice.

EVROPE.

Ie connois vos vertus, & ie ſçay ſes deffauts;
De vous naiſſent mes biens, de luy naiſſent mes

FRANCION.   [maux.

Ibere eſt bien cöſtant, il void la Nymphe Afrique,
Il couｒt la belle Indie, il poſſede Amerique;
Puis il veut vous auoir: rien ne peut l'aſſouuir.

Pour moy, ie ne pretends que l'heur de vous seruir,
Ie croy que si les Dieux vous eussent destinée
Pour estre à quelque Roy iointe par l'Hymenée,
Par amour, par deuoirs, & par mille trauaux,
I'eusse emporté cet heur par dessus mes riuaux:
Mais s'il n'est pas permis, ma Reyne, ie n'aspire
Qu'à l'hôneur d'établir la paix dãs vostre Empire.

EVROPE.

Prince, ie vous reçois par vn choix singulier,
Non pas pour mon amãt, mais pour mõ cheualier.
Comme tel desormais pensez à me deffendre
D'vn Prince ãbitieux qui tasche à me surprẽdre.

FRANCION.

Puisque vous m'appellez à cet illustre employ,
Nul en tout l'vniuers n'est plus heureux que moy.
A ce point de grandeur ie borne ma fortune,
Si ce fascheux amant iamais vous importune,
Ie combattray pour vous, & luy feray sentir
Qu'il doit perdre l'espoir de vous assujettir.
Il est iuste que i'ayme vne telle Princesse:
Plus iuste qu'elle soit d'elle-mesme maistresse.
Si mes vœux vont plus loing, ie les condãne tous.
Ie suis en mon amour de moy mesme ialoux.
Ie veux veiller sans cesse à moderer ma flame:
Espier les pensers que conceura mon ame,
Arrester mes desirs, arrester mon espoir,
Retenir mon courage aux termes du deuoir:
Enfin pour mon honneur autant que pour le vostre,
Vous affranchir de moy tout ainsi que d'vn autre.

Ouy, ie vous donne tout, & ne demande rien.
Gardez voſtre franchiſe aux deſpens de mon bien.
N'eſpargnez pas mon ſang, n'eſpargnez pas mavie:
Que la voſtre ſoit libre, & la mienne aſſeruie.
La plus grande faueur que ie veux demander,
C'eſt de vous affranchir, non de vous poſſeder.
Mon amour eſt vn feu mais vne flame pure
Qui de tout autre feu ſurpaſſe la nature
Dont l'auide fureur conuertit tout en ſoy.
Ie veux me perdre en vous, & non vous predre en
    moy.

EVROPE.

Seruir pour acquerir, c'eſt vendre ſon ſeruice:
Mais lors que ſans eſpoir, meſme à ſon preiudice,
Auec mille dangers, auec perte & tourment
On ſert vne maiſtreſſe, on l'ayme noblement.
Que les Dieux, Fraction, touſiours vous fauoriſent,
Et par ces beaux ſuccés vos armes authoriſent.
Ie m'en vay cependant pour la paix que ie veux,
Importuner le Ciel & d'encens & de vœux.

SCENE V.

IBERE, EVROPE, AVSONIE.
IBERE.

IE meurs de ialouſie Arreſtez, grande Reyne,
EVROPE.
Pourquoy?

IBERE.

Pour m'escouter.

EVROPE.

O l'importune peine!

IBERE

C'est trop cruellement me donner le trespas,
D'en escouter vn autre, & ne m'escouter pas.
Ie meurs pour vous, Europe, & mon ame asseruie
Vous presente mes biens, mon bras, mon sang, ma
                                           vie.
Ie sçauray vous deffendre, agrandir vos Estats,
Et vous faire adorer de tous les Potentats.

EVROPE.

Nul ne peut m'agrandir, & ie sçay me deffendre.
Le Ciel fit ma grandeur, nul ne la peut estendre.
Des Dieux & des humains & le pere & le Roy
A reglé les confins de mes sœurs & de moy.

IBERE.

Soyez toufiours vous mesme & foyez souueraine.
Ie feray voftre efclaue, & vous ferez ma Reyne.

EVROPE.

Cet efclaue voudroit regner dedans mon cœur.
Il n'est rien de plus fier qu'vn esclaue vainqueur.

IBERE.

Mon fang pour voftre amour est preft à fe répädre.

EVROPE.

C'est pour m'affuiettir & non pour me deffendre,

IBERE.

Mais c'est moy que l'amour a fait voftre fujet.

EVROPE.
De voſtre amour vous meſme eſtes le ſeul objet.

IBERE.
I'ay pour vous plus d'amour que nul Prince des (voſtres.

EVROPE.
De cette meſme amour vous en aymez cent autres.

IBERE.
Seule dans l'vniuers vous poſſedez mon cœur.

EVROPE.
Pretendez-vous quitter Amerique ma ſœur?

IBERE.
Non, car contre vous-meſme elle m'eſt ſecourable.

EVROPE.
Vous voulez les deux ſœurs, inceſte abominable.

IBERE.
Ie ne la vis iamais, & ne veux voir que vous.

EVROPE.
Elle meritoit bien voir chez elle vn eſpoux.

IBERE.
Ie la voy par les miens.

EVROPE.
Ils eſpuiſent ſes veines.
Vous viuez de ſon ſang : ô rigueurs inhumaines!

IBERE.
Son ſang m'eſt vn moyen pour gagner voſtre cœur.

EVROPE.
Prendrois-je pour eſpoux le tyran de ma ſœur?

IBERE.
Europe il faut choiſir : ſoyez belle inhumaine,

L'objet de mon amour, ou l'objet de ma haine.

EVROPE.

Le choix en est tout fait : ie prefere sans peur
Ta haine descouuerte à ton amour trompeur.

IBERE.

Mon amour toutefois vous feroit moins de peine.

EVROPE.

Ta haine est mon amour, & ton amour ma haine.

IBERE.

Ie ne suis point à craindre : à quoy vous esmouuoir?

EVROPE.

Ie redoute ta ruse, & non pas ton pouuoir.

IBERE.

Vous sentirez bien tost l'effect de ma puissance.

EVROPE.

Tu sentiras vn bras armé pour ma deffense.

IBERE.

Contre vos protecteurs i'armeray les Enfers.

EVROPE.

Et le Ciel s'armera pour m'oster de tes fers.

IBERE.

Mon desir toutefois sur cet espoir se fonde,
Qu'vn iour i'auray l'honneur de cõmãder au mõde.

EVROPE.

C'est vne resuerie, vn espoir d'Ixion.
Commande seulement à ton ambition.

IBERE

Qui s'est acquis beaucoup merite dauantage.

EVROPE.

Qui s'eſt acquis beaucoup, eſt content s'il eſt ſage.
On peut auoir beaucoup, bien qu'on merite peu.

IBERE.

Il me faut tout oſer : ie ſuis ſemblable au feu.
Il faut que ie m'accroiſſe, ou bien que ie periſſe.

EVROPE.

Arriue le dernier, le Ciel ſera iuſtice.

IBERE.

Adieu, ſuperbe, adieu: nous verrons quelque iour
Si vous ſerez à nous par force ou par amour.

ACTE II.

SCENE PREMIERE.

IBERE, GERMANIQVE, HISPALE.

IBERE.

Oncques à mes deſirs tout l'Vniuers s'oppoſe,
Et d'vn effroy public mõ amour eſt la cauſe.
Europe me redoute, & pour la ſecourir
Cent Princes ont iuré de me vaincre ou mourir.

GERMANIQVE.

L'vn eſt plein de frayeur, & l'autre plein d'audace;
L'vn demande ſecours, & l'autre vous menace.

IBERE.

IBERE.

Mon ardeur est suspecte, & toutefois à tort.
Si ie pouuois vn iour disposer de son sort,
Nous serions tous en paix; & cette rigoureuse
En me rendant content se rendroit bien-heureuse;
Si i'arme ouuertement, i'arme tout contre moy.
Cherchons quelque moyen sans donner de l'effroy.
Quelque ruse. Escoutez celle que ie medite.
Ausonie est son cœur, son œil, sa fauorite,
Ses délices, son ame; elle croit son conseil.
Si ie puis l'acquerir, mon heur est sans pareil:
Il faut que tost ou tard ie sois maistre d'Europe.
Melanie est à moy, i'ay gaigné Parthenope,
La pluspart de son peuple auiourd'huy m'obeït.
I'en tiens vne partie, & l'autre la trahit.

GERMANIQVE.

I'approuue ce moyen, n'en recherchez point d'autre,
Acquerant Ausonie, Europe sera vostre.
I'ay droict sur cette Nymphe, elle me doit la foy.
Elle a beaucoup d'Estats qui releuent de moy.
I'auray pour vous seruir quelque pouuoir sur elle.

IBERE.

Chez elle vn Prince est mort : l'occasion est belle;
Tu me peux, Germanique, inuestir de son bien.

GERMANIQVE.

Par quel droict l'auriez-vous?

IBERE.

     Ce qui me plaist est mien.
Le bië public permet qu'on despouille des Princes,

Quand ils sont impuissans pour garder leurs Prouinces.

GERMANIQVE.

Ce penser est iniuste.

IBERE.

Vtile à mes souhaits.
Donner vn chef au monde, est luy donner la paix:
Ie puis, quoy que l'on die, oster sceptre & courōne.
S'il suffit que i'aye en l'ame vne fin qui soit bonne.
Le Ciel cognoist assez que par moyens diuers
I'aspire incessamment au bien de l'Vniuers. (Sire,
Quoy? du monde nouueau m'auroit-il fait le mai-
Pour ne me donner pas celuy qui m'a veu naistre?

GERMANIQVE.

Odieuse maxime!

IBERE.

Allons mettre en nos fers
Cette aymable Ausonie, & de là l'Vniuers.
I'ay besoin de ton bras.

GERMANIQVE.

I'ay chez moy tant d'affaires,
Où ma force & mon tēps me sont plus necessaires.

IBERE.

Laisse tout, car sans toy ie ne la puis rauir.

GERMANIQVE.

Ie prefere à mon bien celuy de vous seruir.

IBERE.

Il faut prendre le temps, fidelle Germanique,
Que Francion demesle vn trouble domestique.

Moy mesme pour mener seurement mon projet,
Ie luy promets secours, pour dompter vn sujet
Orgueilleux dãs sa Roche au bord de l'onde assise.
Auant qu'il l'ait vaincu, la Vygnobe sera prise.

HISPALE.

La voicy qui paroist.

GERMANIQVE.

Parthenope la suit,

Et melanie encor.   IBERE.

Mon bonheur la conduit.

SCENE. II.

AVSONIE, PARTHENOPE, IBERE, GERMANIQVE, HISPALE.

AVSONIE.

Elas! à quel malheur le Ciel m'a-t'il re-
duite?
Ie ne puis m'affranchir d'vne importune suite.
Les miens sont deuenus mes ennemis ouuers.
Vne part de moy-mesme est desia dans les fers.

PARTHENOPE.

Le maistre à qui ie suis vous deffend des barbares.

AVSONIE.

Ie crains plus les effets de ses desirs auares.
Dieux! le voicy qui vient.

IBERE.

Ie m'en vay l'aborder.

C

AVSONIE.

Ie tremble.   GERMANIQVE.

Commencez, ie vous vay seconder.

IBERE

Merueilleuse Ausonie, agreable Princesse,
Reyne de la prudence & de la politesse,
Dont la noble valeur par mille grands exploits
Iadis a sçeu ranger l'Vniuers souz ses loix;
Vostre Empire est esteint faute d'auoir vn homme,
Dont le cœur soit égal à l'Empire de Rome.
Vous sçauez que mõ nom est craint de toutes parts,
Et que ie puis tenir le rang de vos Cesars.
Seule ie vous adore.

AVSONIE.

Ibere, puis-je croire
Qu'vn cœur ambitieux, remply de vaine gloire,
Qui se forge en l'esprit l'empire des humains,
Au desir de m'auoir borne tous ses desseins?

IBERE.

Il est vray toutefois, belle & sage Ausonie:
Toute autre desormais de mon cœur est bannie.

AVSONIE.

Non, ie n'escoute point vostre trompeuse voix.
Quand vous m'auriez sousmise à vos iniustes loix,
Ie serois vostre esclaue, & plus fort par ma prise,
Vous auriez des desseins de plus haute entreprise.

PARTHENOPE.

Croyez-moy, ma Princesse, éloignez cette peur
Qu'Ibere soit iamais ny cruel ny trompeur.

AV,ONIE.

Vos aduis sont suspects, taisez-vous, Parthenope,
En me laissant tromper, ie tromperois Europe.

MELANIE.

Suiuez, suiuez sans crainte vn si sage vainqueur.
Par sa seule prudence il a gaigné mon cœur.

AVSONIE.

Par vn seul prisonnier qu'il eut en sa puissance,
Son bonheur vous acquît, & non pas sa prudence.

IBERE.

Ma prudëce & ma force ont fait tout mon bö-heur.

AVSONIE.

Elles ne pourront rien pour acquerir mon cœur.

IBERE.

Ie meurs pour vo°, Princesse, & mon ame asseruie
Vo° presente mes biës, mö bras, mon sang, ma vie;
Ie sçauray vous deffendre, agrandir vos Estats,
Et vous faire adorer de tous les Potentats.

AVSONIE.

Voila les mesmes mots qu'il disoit à la Reyne.
Regardez-moy, i'ay peur qu'Ibere se mesprenne.
Ie ne suis pas Europe, & n'ay point ses appas.

IBERE.

Ie vous parle, Ausonie, & ne me trompe pas.

AVSONIE.

Europe est vostre amour.

IBERE.

S'il est vray que ie l'ayme,
Ie dois gaigner sö cœur, & sö cœur c'est vo° mesme.

AVSONIE.

Pour posseder le tout ou vous gaigner le cœur.

IBERE.

Le cœur vaut bië le tout, quã l'on en est vainqueur.

AVSONIE.

(l'autre.

Vous les voulez tous deux, l'vn ne va point sans

IBERE.

Mon cœur sera content s'il possede le vostre.

AVSONIE.

Perdez, perdez l'espoir d'en estre possesseur:
Ie trahirois Europe, en trahissant son cœur.

IBERE.

Contre vostre bon-heur vostre rigueur conspire.

AVSONIE.

Puis-je du monde entier vous souhaiter l'Empire?

IBERE.

Vous en seriez maistresse.

AVSONIE.

Auançant vos projects;
Les Reynes & les Roys deuiendroient to° suiets.

IBERE.

Estant vostre sujet, ils seroient tous les vostres.

AVSONIE.

Mais soyez Roy chez vo°, non tyrã chez les autres.

quefois.

Pour vouloir trop pretendre on perd tout quel-

IBERE.

Mais n'entreprendre rien c'est foiblesse aux grands
Roys.

AVSONIE.

Le Ciel modere tout par sa iuste balance.
Il borne les sujets, moderant leur puissance;
Et veut que les grands Roys par la seule equité
Moderent leur pouuoir qui n'est point limité.

IBERE.

C'est iustice qu'aymer vne beauté supréme.

AVSONIE.

Et me vouloir par force vne iniustice extréme.

IBERE.

Vous auez vingt tyrãs, & vous n'en aurez qu'vn.

AVSONIE.

Ils ne sont point tyrans, orgueilleux importun:
Ils viuent souz mes loix : nul ne se dit mon maistre.

IBERE.

Et nul que moy, rebelle, aussi ne le doit estre.

GERMANIQVE.

Par cette authorité que sur vous ie pretens,
Ie veux que vous rendiez tous ses desirs contens.

AVSONIE. (mage:

Germanique, il est vray, ie vous dois quelque hom-
Mais de ma liberté ie puis garder l'vsage.

IBERE.

Voyant que vostre suitte est de nostre costé.
Pouuez-vous resister?

AVSONIE.

Quelle temerité!

IBERE.

Vous seule entre nos mains, de tous abandonnée?

AVSONIE.

Le Ciel à tel malheur ne m'a point deſtinée.
Perdant ma liberté, ie veux perdre le iour;

IBERE.

Si faut-il m'accepter par force ou par amour.

AVSONIE.

Vos efforts ſeront vains, cõme ils ſont temeraires.

IBERE.

Francion eſt abſent, & n'eſt pas ſans affaires.

AVSONIE.

Quelque part qu'il puiſſe eſtre il entẽdra ma voix.

IBERE.

Mais il viendra trop tard.

AVSONIE.

Le voicy toutefois.

SCENE III.

AVSONIE, FRANCION, LILIAN,
IBERE, GERMANIQVE, HISP.
PARTHENOPE, MELANIE.

AVSONIE.

Ieux! cõme ſa preſence a glacé vos courages!
Sans vous, cher Francion, ie ſouffrois mille
outrages.
I'eſtois priſe ſans vous,

FRANCION.

Qu'oſent-ils attenter?

IBERE.

IBERE.

Quoy? vous parler d'amour, c'est vous persecuter?
Voyez qu'elle est cruelle & pleine d'artifice,
Que d'appeller outrage vne offre de seruice.

AVSONIE.

Quand ce guerrier paroist, vostre orgueil est à bas.
Attendant son secours ie ne vous craignois pas.
Ibere, ie sçay bien que vous estes ce braue,
Qui fait d'vne maistresse aussi-tost vne esclaue;
Mais sçachez que ie vis en repos desormais,
Et que ce protecteur ne me manqua iamais.

FRANCION.

Vous pouuez viure heureuse, agreable Ausonie,
Ie vous garantiray de toute tyrannie.

IBERE.

Et toutefois, cruelle, vn deuin m'a promis
Qu'vn iour ie vous auray malgré mes ennemis.

AVSONIE.

Ibere, ce deuin fit mal vostre horoscope.

FRANCION.

L'on ne prend pas ainsi l'ame & le cœur d'Europe.
Voyons, pour esprouuer le vouloir des destins,
Si vostre bras s'accorde auecques vos deuins.
Vne illustre beauté pleine de tant de charmes,
Vaut bien qu'on la dispute à la pointe des armes.

IBERE.

Reseruons à nous battre en lieu plus escarté.
Disputer deuant elle est inciuilité.
Voyant nostre combat elle auroit trop d'allarmes.

Craignant d'estre le prix des plus heureuses armes.
FRANCION.
Cent fois elle m'a veu seul & victorieux,
Sans crainte de souffrir vn sort iniurieux.
AVSONIE.
Ibere, vous iugez des autres par vous mesme.
Si vous estiez vainqueur, ma peur seroit extréme,
Mais ie me fie en luy; pour vous le faire voir,
Ie me mets en ses mains.
IBERE.   Qui l'eût peu conceuoir
Qu'il deût vaincre si tost cette Roche rebelle,
Et qu'il peût de mes mains arracher cette belle?
Luy que t'auois tousiours troublé dans ses Estats,
Qui n'aguere n'osoit s'en éloigner d'vn pas,
M'arracher Ausonie en mes fers engagée,
Et que de toutes parts ie tenois assiegée.
Vous me fuyez, cruelle, & suiuez mon riual.
AVSONIE.
Ie fuy qui veut mon bien, ie fuy qui veut mon mal.
IBERE.
Vous n'aurez pas tousiours ce demon tutelaire.
AVSONIE.
Il est libre chez luy, ie ne crains point Ibere.
IBERE.
Est-ce vous affranchir que changer de liens?
AVSONIE.
Francion me veut rendre entre les bras des miens.
FRANCION.
Ie pretens seulement l'oster de vostre Empire.

IBERE.

M'oſter ce que ie tiens? ô Dieux! l'oſe-t'il dire?
Il faut que tout mon ſang ſe verſe auparauant.

FRANCION.

Le Ciel à qui veut tout oſte tout bien ſouuent.
Ibere, laiſſez là vos eſpoirs chimeriques·
Ne le tourmentez plus vapeurs melancholiques.
Ma valeur maintenant agit en liberté.
Ie ne ſuis plus chez moy de troubles agité,
Ny trahy par les miens, ny ſurpris par les voſtres.
Ie ſçay punir les vns, & ſçay vaincre les autres.
Voſtre art pour m'affoiblir fait de vains appa-
      reils.
Il ne penetre plus iuſques dans mes conſeils.
Ie ne redoute plus ny perfide aſſiſtance,
Ny traiſté captieux, ny trompeuſe alliance.
Auecque les faueurs que le Ciel me depart,
Ie ne crains plus de vous ny la force ny l'art.
Renfermez-vous, Ibere, en vos iuſtes limites,
Sinon bien-toſt le Ciel les rendra plus petites.
Sa iuſtice bien-toſt agira par mon bras,
Pour vous aller punir iuſques dans vos Eſtats.
I'iray porter la crainte aux lieux où la tempeſte
Se forgeoit en tout temps pour fondre ſur ma teſte;
Où la fauſſe prudence enfantoit la fureur
Qui rempliſſoit nos châps de carnage & d'horreur.
Ie veux exterminer les tyrans de la terre:
Pour luy donner la paix ie vous feray la guerre.
Iuſqu'icy mes tourmens ont eſté vos plaiſirs.

J'eſtois de tous coſtez le but de vos deſirs.
De chez moy maintenant partiront les tonnerres,
Qui porteront l'effroy dedans toutes vos terres.
Ie regneray chez vous, & contre mon effort
La ruſe ſera foible, & meſme dans ſon fort.

AVSONIE.

Mais adieu, c'eſt en vain que voſtre cœur ſoûpire
Perdez en me perdant l'eſpoir de voſtre Empire.

FRANCION.

Ioignez, belle Princeſſe, en dépit des ialoux,
Vne grace à l'honneur que ie reçoy de vous.
Que ie baiſe vos mains.

AVSONIE.

Oay ie le veux.

IBERE. l'enrage.

PARTHENOPE.

Nous la ſuiuõs touſiours, ne perdez point courage.

SCENE IV.

IBERE, GERMANIQVE, HISPALE.

IBERE.

Eſt-ce honte ou fureur qui me rougit le front?
Prudence ou laſcheté que ſouffrir cet affront?
Quoy donc? doy-ie laiſſer cette audace impunie?
Il rompt tous mes deſſeins, il m'enleue Auſonie;
Il me menace meſme. Ah! l'auez-vous permis,
Cieux, amis autrefois, maintenant ennemis?

Mais quoy? si i'ay manqué d'asseruir la rebelle,
Sa perte ne m'est rien, i'ay subsisté sans elle.
Ah! mon malheur est grand de l'auoir entrepris.
Francion a la gloire, & i'auray le mespris,
Dans ce cruel malheur ie perds en double sorte.
Par la gloire qu'il m'oste, & celle qu'il remporte.
Dans vn ardent desir c'est souffrir double mal,
Quand la perte qu'on souffre agrandit vn riual.
Qu'elle ayt sa liberté, ce mal m'est supportable:
Mais non qu'à mon riual elle en soit redeuable.
Donc elle me fuira comme vn vsurpateur,
Et suiura Francion comme vn liberateur.
Ie seray craint, haï sur la terre & sur l'onde,
Luy chery, recherché, loüé de tout le monde.
Vouloir tout est vn mal, manquer tout vn malheur:
Le premier est vn crime, & l'autre vne douleur:
Mais n'est-ce pas vn mal qui tout autre surmonte,
Quand on fait voir ensemble & son crime & sa
      honte?
Courage toutefois, tentons d'autres moyens,
Pour mettre adroitement Europe en nos liens;
Et faisons que la trame en soit si bien couuerte,
Qu'on n'ose contre nous armer à force ouuerte.

GERMANIQVE.

Mais Europe est prudente, elle sçait vos desseins:
Tous vos propos d'amour pres d'elle seront vains:
Car elle vous connoist d'humeur ambitieuse,
Auare, insatiable, & non pas amoureuse.
Il faut bien de l'adresse à mener ce projet.

IBERE.

Son bien, ie le confesse, est mon vnique objet.
Ce n'est point sa beauté, ce n'est point sa noblesse
Pour qui i'ay de l'amour, i'en veux à sa richesse.

GERMANIQVE.

Vous auez tant d'Estats, tãt d'argent & tãt d'or.

IBERE.

I'en possede beaucoup, mais i'en desire encor.
Alors que l'on a peu souuent on se contente:
Mais quãd on a beaucoup, souuẽt la soif augmẽte.
Tousiours s'accroist en nous le desir & l'espoir;
Et quand on n'a pas tout, on ne croit rien auoir.

GERMANIQVE.

La fortune des grands est donc bien miserable.

IBERE.

L'auidité d'auoir est aux grands honorable.
On donne diuers noms à cette passion:
C'est auarice au peuple, aux grands ambition.
Aux Princes ce desir est noble & legitime.
Dans leurs cœurs c'est vertu, dans les autres vn
    crime.
Ie periray plustost poursuiuant mon ardeur,
Que de souffrir iamais qu'on borne ma grandeur.
Vn égal m'inquiete, & me fait plus de peine
Que s'il auoit sur moy puissance souueraine.
Perdons-le, ou bien mourons : s'il m'égale aux
    combats,
Pour le moins En finesse il ne m'égale pas.
Tramons de toutes parts des factions secrettes,

Débauchons ses sujets, offrons leur des retraittes.
Enchantons ses voisins d'vn charme si trompeur,
Que contre leur bien propre ils me donnent leur
    cœur.
Ie veux de toutes parts affoiblir sa puissance:
Afin que ne songeant qu'à sa propre deffence,
Il n'ose à ses voisins enuoyer du secours,
Ny de mes grands progrés interrompre le cours.

SCENE V.

IBERE, AVSTRASIE, GERMANIQVE.

IBERE.

Ais la belle Austrasie à propos se presente.
Pour conduire vne intrigue elle est assez
    sçauante.
Mais c'est vn esprit foible, incostant & leger.
Ie feindray que ie l'ayme, afin de l'engager.
Elle croit estre belle, elle croit estre fine:
Elle fait sans conseil tout ce qu'elle imagine.
Il faut que ie la gaigne.

AVSTRASIE.

    Ibere, quel malheur
Vous rend ainsi troublé? quel est vostre douleur?

IBERE.

Ie vous ayme, Austrasie, & mon ame asseruie
Vous côsacre mes biẽs, mon bras, mõ sang, ma vie.

Ie ſçauray vous deffendre, agrandir vos Eſtats,
Et vous faire honorer de tous les Potentats.

AVSTRASIE.

Vos feux ſont deſtinez pour noſtre grande Reyne.
Ie ne les pretens pas.

IBERE.

I'ay quitté l'inhumaine.
Ie veux vne douceur qui me puiſſe charmer,
Vne maiſtreſſe aymable, & qui me puiſſe aymer.

AVSTRASIE.

Il eſt vray que le Ciel me fit aſſez aymable,
Pour me faire iuger voſtre amour veritable.
Mais comment pouuez-vous agrandir mes Eſtats,
Si ce n'eſt aux deſpens de deux grands Potentats?

IBERE.

Ie veux de mon amour vous donner vn bon gage,
Et vous monſtrer encor ma force & mon courage:
Ie veux vous agrandir des biens de Francion,
Cet importun obſtacle à mon ambition.
Ie veux à ſes deſpens eſtendre vos frontieres,
Et ioindre à vos eſtats des Prouinces entieres.
Deſia dedans mon cœur ie ioints, pour l'affliger,
Au ſoin de vous ſeruir l'ardeur de me vanger.
Pour mon contentement, & pour voſtre fortune,
Vous me verrez meſler deux paſſions en vne.
Nos cœurs ſeront liez par vn meſme deſir;
Deſtruiſant ſes pais, i'auray double plaiſir:
Meſme i'en auray trois accompagnez de gloire.
Vous ſeruir, me vanger, & gaigner la victoire.

Que

Que vous aurez auſſi de plaiſirs & de biens,
Lors que vos inthereſts ſeront meſlez aux miens!
Vous vous enrichirez des fruits de ma vengeance:
Heureuſe par mon heur, forte par ma puiſſance.

AVSTRASIE.

Vous rempliſſez mon cœur de deſir & d'eſpoir:
Car ie ne doute point de voſtre grand pouuoir.
Mais que ferons-nous donc? diſpoſez de mon ame.

IBERE.

Troublez tous ſes deſſeins, conduiſez vne trame.
Il faut à voſtre amour dextrement l'engager,
Et par quelques faueurs à l'abord l'obliger.
Vous auez dans l'eſprit tant d'art & de ſoupleſſe,
Aux doux traits de vos yeux ioignez ceux de
          l'adreſſe.
Vous pouuez luy cauſer du trouble & de l'ennuy,
Eſmouuant ſourdement la diſcorde chez luy.
Il faut des mal-contens en faire vos complices;
Et de ſes bons ſujets refroidir les ſeruices.

AVSTRASIE.

S'il ſçait que ie vous ſers, i'irrite ſon courroux;
Ie releue de luy, ſon eſprit eſt jaloux.

IBERE.

Auecque noſtre bras craignez-vous ſa colere?
Francion vous plaiſt-il? meſpriſez-vous Ibere?

AVSTRASIE.

Ie puis vous ſeruir tous, ſans vous deſobliger.

IBERE.

Ah! Princeſſe, le cœur ne ſe peut partager:

E

Par nous dans vos Estats vous serez garantie.
Vous n'en tenez de luy que la moindre partie.

AVSTRASIE.

Mais ie crains son pouuoir.

IBERE.

Ah! c'est trop consulter.
Princesse, il faut enfin nous suiure ou nous quitter.
Enfin prenez party.

AVSTRASIE.

Ie ne puis vous déplaire.
Iamais à vos desseins ie ne seray contraire.

IBERE.

De plus il faut les suiure & les fauoriser.

AVSTRASIE.

Auec vostre support ie pourray tout oser.

IBERE.

Doncques ie mets en vous toute mon esperance.
Adieu.   **GERMANIQVE.**

Ne craignez rien auec nostre assistance.

SCENE VI.

AVSTRASIE.

Iserable Austrasie, à quoy te resouz-tu?
Fais au moins vne faute auec quelque vertu.
Peche, puis qu'il le faut; mais peche auec prudēce.
Voy quel party des deux a le plus de puissance.
Francion semble agir auec plus d'equité.

La force toutefois est de l'autre costé.
Si ceux du mesme sang peuuēt tousiours s'entēdre.
A peine Francion pourra-t'il se deffendre.
Mais ie luy dois hommage, & le dois respecter;
Puis il m'est si voisin : deurois-ie l'irriter?
Par tout à ses efforts mes terres sont ouuertes.
Ie ne puis l'offencer sans souffrir mille pertes.
Toutefois ces pensers ne sont plus de saison.
Où la force paroist là perit la raison.
Le Ciel n'assemble pas cette double puissance,
Sinon pour tout ranger souz leur obeyssance.
Ibere, dont le bras peut tout assujettir,
Du bras de Francion me peut bien garantir.
Puis si contre l'vn d'eux il faut faire vne offence,
Offençons le party plus prompt à la clemence.
Ibere à qui luy nuît ne pardonne iamais :
Mais des bontez de l'autre on a veu mille effets.
Quand mesme sur Ibere il auroit l'auantage,
Par vn seul repentir i'esmouurois son courage.
La gloire luy suffit quand il a combattu.
Seruons-nous contre luy de sa propre vertu.
Il faut que pour les siens vers luy ie m'entremette;
Et que ie les oblige en leur donnant retraitte.
Escoutons leurs discords, & tous leurs interests,
Et rendons-nous sçauante en leurs plus grands
        secrets.
Ce n'est pas d'auiourd'huy que ie fais ces intri-
        gues.
Desia dans ses Estats i'ay sçeu faire des ligues;
                                E ij

Et mes charmes long temps ont bien eu la vigueur
De regner puiſſamment au milieu de ſon cœur.
C'eſt pour l'amour de vous, Ibere & Germanique,
Que ie vay ſuſciter vn trouble domeſtique.
L'adreſſe de mes ſoins, les traits de ma beauté,
Les ſenſibles faueurs de l'hoſpitalité,
Les flames de dépit dans les ſiens allumées,
Luy feront plus de mal que toutes vos armées.

ACTE III.
SCENE PREMIERE.
EVROPE.

MOy qui des quatre ſœurs qui partagent la
    terre,
Ay la part la plus noble & pl° propre à la guerre,
La plus feconde en arts, en peuples, en citez,
En ports dãs les deux mers, en fruits de to° coſtez.
Qui tiens de l'Vniuers cette illuſtre partie,
Où la ſocieté, l'honneur, la modeſtie,
Le ſçauoir, la valeur, les graces & l'amour
Ont choiſi pour iamais leur aymable ſejour;
Moy la puiſſante Europe, aĉtiue, genereuſe,
Abondante en richeſſe, & ie dirois heureuſe,
Si d'vn ſeul ennemy l'ambitieuſe ardeur

N'eût iamais entrepris d'opprimer ma grandeur.
Malgré tout mon pouuoir ie me voy donc reduite,
Pour vaincre ce superbe, & borner sa poursuite,
D'implorer Ciel & terre, & chercher en 10° lieux
Le fauorable appuy des hommes & des Dieux.
A peine aux bords lointains de la mer Atlātique
Nâquit ma ieune sœur, l'innocente Amerique,
Que ce tyran cruel, que nul bien n'assouuit,
Arma mille vaisseaux, & soudain la rauit.
Cette foible Princesse en vn aage si tendre,
Sans armes, sās raison, ne sçeut pas se deffendre;
Il la mît dans ses fers, & pilla ses tresors;
Puis chargé de ses biens il reuint dans ses ports.
Maintenant orgueilleux d'vne telle conqueste,
Et d'vn honteux laurier se couronnant la teste,
Il croit qu'à ses desirs rien ne peut resister,
Que par force ou par fraude il me pourra dompter;
Et de ma pauure sœur il prēd iusqu'aux entrailles.
Pour fournir contre moy les frais de cēt batailles.
Si pour me secourir Francion veut s'armer,
Il sçait dans ses Estats mille feux allumer,
Il fait entre les siens naistre quelque diuorce,
Et tousiours par la ruse il dissipe la force.
Tantost en se disant le fauory des Cieux,
Et le seul qui cognoist le vray culte des Dieux,
Il presche qu'vne loy doit regir tout le monde;
Et croit souz ce manteau prēdre la terre & l'onde.
Par cet art il promet aux credules esprits
Que de leurs attentats le Ciel sera le prix;

Il inspire aux sujets le mespris de leurs Princes,
Et d'vn venim subtil infecte mes Prouinces.
Il dit qu'il n'a pour but que me voir en repos:
La foy, la pieté brillent dans son propos;
Et ce tyran me fait vne si sourde guerre,
Qu'on croit qu'il songe au Ciel, tandis qu'il prend
　　　　la terre.
Il pense me tromper par son austerité,
Tantost se faire craindre auec sa cruauté:
Tantost d'vn doux parler le perfide me flatte;
Et tantost il veut bien que son orgueil éclatte.
Mais maintenant qu'il sçait que ie voy son dessein,
Et qu'en mille façons il se transforme en vain,
Il feint qu'il m'abandonne, & sa ruse est reduite
A chercher des faueurs des Nymphes de ma suite.
Pour dissiper ma force il veut les asseruir,
Afin que sans effort il me puisse rauir.
Dieux! i'en frissonne encor, desia mon Ausonie
Estoit preste à tomber dessouz sa tyrannie,
Sans le secours heureux du vaillant Francion,
Le fatal ennemy de son ambition,
Qui s'oppofant par tout, fait voir qu'il ne respire
Que l'honneur immortel d'affranchir mon Empire.
Ah! faut-il qu'vn des miens s'ose adresser à moy?
Qu'il conçoiue l'espoir de me donner la loy?
Que contre ma franchise à toute heure il conspire,
Et veille sur ma perte establir son Empire?
L'ingrat que i'ay nourry, que i'ay rendu puissant,
Et que sans moy le Maure estouffoit en naissant;

Luy qui dans sa maison superbe & tyrannique,
Eut par la voix des miens l'Empire Germanique;
Que i'ay fait allier aux plus grands de mon sang
Dont les riches Estats ont relevé son rang;
Et qui par ces ruisseaux d'vne moyenne source
S'est fait vn puissant fleuue, orgueilleux en sa
    course.

SCENE II.

AVSONIE, EVROPE, FRANCION.

AVSONIE.

Vel soucy, ma Princesse. occcupe vos esprits?

EVROPE.

Ie plaignois nos malheurs, ayant des miens àpris
Qu'Ibere ambitieux vous veut mettre à la chaine,
Cognoissāt qu'enuers moy sa poursuite estoit vaine.

AVSONIE.

Il pensoit, il est vray, me soumettre à sa loy.

EVROPE.

Mais s'attaquer à vous, c'est s'attaquer à moy.

FRANCION.

Il veut de tous costez agrandir sa puissance.
Austrasie est desia de son intelligence.
Il pretend que chacun le suiue en ses projets;
Sinon de ses amis il en fait des sujets.
Si le secours n'est prompt, vostre franchise expire.
D'vn des Princes Germains il a rauy l'Empire;

D'vn Prince qu'Albione a produit de son sang,
Qu'il a priué de biens, qu'il a priué de rang.
Vn autre s'établit en vn droit legitime
Pres des riues du Mince, il l'attaque, il l'opprime,
Craignăt qu'il ne me garde & son cœur & sa foy,
Pour l'hōneur qu'il receut d'estre nourry chez moy.
S'il void qu'vn Prince auguste, vn voisin d'Au-
    strasie,
Ne veut pas laschement suiure sa fantaisie;
Sans respect de son ordie, il le met dans les fers.
Par vne barbarie, horrible à l Vniuers.
Ne veut-il pas encor que la Princesse Alpine,
Ce crayon de mon sang, cette illustre voisine,
Par vne aueugle erreur suiue ses interests,
Afin qu'il puisse vn iour la tenir dans ses rets?

AVSONIE.

Desia sans Francion, sa force & son azile,
Il auoit opprimé son innocent pupille.

FRANCION.

Il espere chez moy tant de trouble esmouuoir,
Que pour vous secourir ie manque de pouuoir:
Mais i'esloigneray bien l'orage de ma terre.
Au sein de ses Estats ie porteray la guerre.
Il verra que mon bras iustement courroucé,
Luy portera les maux dont il m'a menacé.
Ie sçauray bien punir ses desseins temeraires.

AVSONIE.

Que ie preuoy de maux!

EVROPE.   Mais ils sont necessaires.

FRANCION.

FRANCION.

Ainsi l'on void souuent que d'vn corps agité
Il faut tirer du sang pour le rendre en santé.
Europe, il faut perir plustost qu'estre sujette;
Il faut qu'au prix du sang la liberté s'achette,
Mais si vous secourant ie verse vn peu du mien,
Ibere en mille lieux en versera du sien.
Il nourrit dans la paix vne guerre confuse:
Mais i'ay le cœur trop franc pour combattre par
    ruse:
Quoy? i'attendois de voir mes voisins terracez,
Et qu'Ibere enrichy du bien des oppressez,
Glorieux de leur perte, & riant de leurs larmes,
Iusques dans mes Estats osast porter ses armes?
Quoy doncques, i'attendois que cet ambitieux,
Sollicitant chez moy le cœur des factieux,
Par vne guerre sourde auançast ma ruine?
I'ayme bien mieux l'auoir ouuerte qu'intestine.
Ibere trouble tout, par tout seme l'effroy,
Esmeut sang contre sang, sujet contre son Roy,
Despouille l'innocent, opprime le pupille,
Croit que tout luy soit deu, s'il luy paroist vtile:
Aux biens d'vn Prince mort il a tousiours des
    droicts;
Et tout ce qui luy plaist est sujet à ses loix.
Il iuge criminel qui luy fait resistance,
Et refuser son joug, c'est luy faire vne offence.
I'ay droit de m'opposer à son iniuste effort;
L'innocent & le foible ont en moy leur support.

Ie suis né le tuteur de tous les ieunes Princes:
Ma force est le maintien des trēblantes Prouinces,
Par tout mes alliez implorent mon secours:
C'est auecque raison, Princesse, que i'y cours.
Il faut que maintenant i'implore ma puissance,
De peur d'estre impuissant en ma propre deffence,
Enfin il faut la guerre: & i'y suis emporté,
Non par ambition, mais par necessité.

EVROPE.

Vostre bras contre Ibere est mon espoir vnique:
Auec vous ie ne crains ny luy ny Germanique.
Allez, mon Cheualier, domptez ces insolens:
Dissipez par valeur leurs desseins violens.
Poursuiure les tyrans, vanger ceux qu'on oppresse,
Agir sans interest, par valeur, par sagesse,
Deliurer ses amis, son pais, ses autels,
De l'éclat de sa vie éblouïr les mortels;
Ce sont là les effets d'vne vertu sublime.

FRANCION.

La gloire est mon seul but, c'est tout ce qui m'anime.

EVROPE.

La gloire vous attend; allez, secourez-nous;
Et croyez que les Dieux vont combatre auec vous,
Mes vœux assisteront vos equitables armes.
Desia le iuste Ciel est touché de mes larmes.
C'est par vous qu'il m'assiste en mon aduersité.
Vous en aurez la gloire, & moy la seureté.

AVSONIE.

Allez, combattez bien pour cette Reyne auguste.

Nul ne soustint iamais vne cause plus iuste.
FRANCION
'Austrasie à nos yeux vient encore s'offrir.
EVROPE.
O Dieux! retirons-nous . ie ne la puis souffrir.
Quand pourray-ie esperer que mes tourmēs finiße?
Si ie trouue par tout des miens qui me trahißent?

SCENE III.

AVSTRASIE, FRANCION, LILIAN

AVSTRASIE.

IE suis icy suspecte : on se cache de moy.
Mais quoy? ie suis fidelle où i'ay donné ma
foy.
Quoy qu'Europe me blâme, il faut seruir Ibere:
Et pour le secourir ie trahirois ma mere.
Mais ie voy Francion qui dresse icy ses pas.
Intrigue, ruse, esprit, ne m'abandonnez pas.

FRANCION.

Belle, si vos ayeulx menerent des armées
Contre l'vsurpateur des terres Idumées,
Et par vne valeur pleine de pieté
Soûmirent le Barbare autrefois indompté:
Soyez sage, Austrasie, imitez en prudence
Ceux dont vous vous vantez d'auoir pris la nais-
sance,
Ioignez-vous à moy seul par de fermes liens,

Pour mettre en seureté vostre vie & vos biens.
Quittez vos vains espoirs, quittez vos artifices;
Croyez que ie sçay bien découurir les malices:
Et songez que tousiours en vn illustre rang
I'ay maintenu chez moy tous ceux de vostre sang.

AVSTRASIE.

Me faire vn tel discours c'est me faire vn outrage.
Voudrois-ie vous tromper, moy qui vous dois hom-
    mage?
De quoy m'accusez-vous? quel crime ay-ie cõmis?

FRANCION.

Celuy de vous entendre auec mes ennemis.

AVSTRASIE.

Ah! ie n'ayme que vous, qui seul dessus la terre
Faites d'vn heur pareil & l'amour & la guerre.
Dés que vous paroissez ie tremble, ie pallis;
Et le rouge s'enfuit pour faire place aux lis.

FRANCION.

Doncques de vostre amour ie veux des tesmoigna-
    ges.

AVSTRASIE.

Et que desirez-vous!

FRANCION.

     Auoir de vous des gages.

AVSTRASIE.

Ma parole suffit.   **FRANCION.**

     La parole est du vent.

AVSTRASIE.

La mienne est vn arrest.

FRANCION.

Qui se change souuent.

AVSTRASIE.

Que vous puis-ie aonner pour plus grande asseu-

FRANCION.   (rance?

Ie veux entre mes mains des gages d'importance.

AVSTRASIE.

Quels gages voulez-vous?

FRANCION.

Trois nœuds de vos cheueux.

AVSTRASIE.

Hé bien, cher Francion, coupez-en, ie le veux.

FRANCION.

Ayant ces trois presens, tesmoins de vostre flame,
Ie pretens posseder trois places dans vostre ame.

SCENE IV.

AVSTRASIE, HISPALE.

AVSTRASIE.

Our prendre Francion, ie seme ces appas.
Au pis, mes protecteurs ne me manqueront
    pas.
Ibere & Germanique ont de trop grands courages,
Pour me laisser long temps sans retirer mes gages.
Mais que me veut Hispale? Ibere a soin de moy.
L'vn tient de mes cheueux, mais l'autre tient ma
    soy.

HISPALE.

De la part du grand Roy ſoux qui la terre tremble
Qui ſeul tient plus d'Eſtats que tous les Roys en-
    ſemble,
Dont le pouuoir ſupreme & l'éclat ſans pareil
Ne s'éteignent pas meſme où s'éteint le Soleil,
Qui maiſtre en tant de lieux n'a que vous pour
    maiſtreſſe,
Ie viens vous viſiter, bien-heureuſe Princeſſe;
Et vo° faire vn preſent pour marque de l'amour
Qu'il gardera pour vous iuſqu'à ſon dernier iour.

AVSTRASIE.

Il me comble d'honneur, Quoy? le portrait d'Ibere?
Cette faueur eſt grande: ah! que ie la tiens chere!
Cette boite, l'honneur de tous mes ornemens,
Gardera ce treſor parmy ſes diamans.
Lequel de mes amans me donne plus de ioye
L'vn me prend des faueurs, & l'autre m'en enuoye.

HISPALE.

Quoy? que vous a-t'il pris?

AVSTRASIE.

       Trois nœuds de mes cheueux.
Il faut pour l'engager, ſatisfaire à ſes vœux.

HISPALE.

Penſez que c'eſt auſſi vous engager vous-meſme.

AVSTRASIE.

Il faut que ie l'oblige à croire que ie l'ayme.
Dés lors plus librement il m'ouurira ſon cœur;
Vous me ferez tout rendre, Ibere eſtant vainqueur.

HISPALE.

Troublez donc ses Estats, conduisez cette trame;
Taschez à découurir les secrets de son ame.
Adieu.

AVSTRASIE.

Mais ayez soin de me deffendre aussi.

SCENE V.

FRANCION, AVSTRASIE, LILIAN.

FRANCION.

 Nfidelle, quelqu'vn vient de partir d'icy.

AVSTRASIE.

Quel amant estes-vous? quoy! tout vous fait om-
  brage.
Retournez sur vos pas: me croyez-vous volage?
C'estoit, ie le confesse, vn simple compliment
Q'Hispale me faisoit.

FRANCION.

De la part d'vn amant?
Non non, vous persistez, infidelle, insensée,
A garder cherement Ibere en la pensée.

AVSTRASIE.

Que le Ciel, Francion, me perde en son courroux
S'il m'arriua iamais d'aymer autre que vous.

FRANCION.

Ie veux donc de vos feux vne preuue nouuelle.
Donnez moy cette boite & si riche & si belle.

AVSTRASIE.

C'eſt mon plus cher treſor O Dieux! à quel deſſein
Deſirez-vous auoir l'ornement de mon ſein?

FRANCION.

Ie veux dans voſtre cœur vne importante place,
Et ce treſor pour gage

AVSTRASIE.

          Ah! Francion, de grace.

FRANCION.

De force ou d'amitié. Dieux! quelle trahiſon!
Si ie vous ſorpçonnois, eſtoit-ce ſans raiſon?
Regarde, Lilian.   LILIAN.
          Quoy? le pourtraict d'Ibere.

AVSTRASIE.

Hé Dieux! pour ce portrait que vous m'eſtes ſeuere.

FRANCION.

Il fait voir de vos feux des ſignes euidens.

AVSTRASIE.

Ie l'auois ſur le cœur, mais le voſtre eſt dedans.

FRANCION.

L'amant eſt bien chery dont on a la figure.

AVSTRASIE.

Ie vous ayme en effet, & ie l'ayme en peinture.

FRANCION.

Non non, n'eſperez pas par ces flatteurs propos
Eſchaper de mes mains pour troubler mon repos.
Vos Eſtats ſont à moy, vaſſale temeraire.

AVSTRASIE.

Il me va tout rauir. A mon ſecours, Ibere.

                    SCENE

SCENE VI.

IBERE, AVSTRASIE, FRANCION,
LILIAN, HISPALE.

IBERE.

Vels cris ay-ie entendus? veut-on vous outrager?

AVSTRASIE.

Il me prend tout mon bien.

IBERE.

Ie m'en vay vous vanger.

FRANCION.

C'est vn hardy dessein.

IBERE.

La colere m'emporte.

FRANCION.

Que ferez-vous?

IBERE.

Pourquoy la traitter de la sorte?

FRANCION.

Ie fais auec raison selon toutes les loix,
Ce que contre raison vous auez fait cent fois.

IBERE.

Quelle est cette raison?

FRANCION.

Vous en dois-ie le compte?
Ie la diray pourtant, pour euiter la honte,

G

Et le blasme eternel que reçoiuent les Roys
Quand ils n'écoutent point la raison ny les loics?
La foy tient les esprits que la vertu modere:
L'interest retient ceux que la raison éclaire:
La seule force tient souz le joug abbatu
L'esprit de ceux qui n'ont ny raison ny vertu.
Austrasie est sans foy, son ame dereglée
Trahit ses interests d'vne rage aueuglée.
La force reste donc, c'est là son seul lien.
Mais en deuenant sage elle ne perdra rien.

IBERE.

O l'excellent pretexte aux desseins tyranniques!

FRANCION.

Mais solide raison aux sages Politiques.
Le pretexte est pour vous, & la raison pour moy.
L'interest vous conduit, la Iustice est ma loy.
Ie luy conserueray ce que i'ay dû luy prendre.
Pour vous, quand vous prenez, ce n'est jamais pour
    rendre.

IBERE.

Pour moy, ie ne fay rien sans iuste fondement:
Mais si i'en rends raison, c'est aux Dieux seule-
FRANCION.   (ment.

O l'excellent pretexte aux desseins tyranniques!
Et non raison solide aux sages politiques.
C'est se moquer des Dieux, que les prendre à garāds,
Alors que l'on commet les crimes les plus grands.
Dieu seul iuge les Roys : mais il veut que leur vie,
Pour s'exempter de blasme, à tous se iustifie;

Et dans vn mesme rang nous mettons icy bas
Ce qui ne paroiſt point auec ce qui n'eſt pas.
Princeſſe, il eſt en vous de rauoir voſtre gage:
Au moins s'il eſt en vous de deuenir plus ſage,
Cependant vos Eſtats reconnoiſtront ma loy.
N'eſperez rien d'Ibere, eſperez tout de moy.

AVSTRASIE.

Il m'emporte mon bien : ô deſeſpoir! ô rage!
Il le rendra, dit-il, ſi ie deuiens plus ſage.
Ainſi ie ſuis ſans foy, ſans vertu, ſans raiſon,
Sans pouuoir, ſans Eſtats, ſans Ville & ſans mai-
Et toutefois il veut que ie ſois moderée;　　(ſon.
Quel moyen d'eſtre ſage eſtant deſeſperée?

IBERE.

Allez, conſolez-vous, tandis que i'auray ſoin
D'aſſembler le ſecours dont vous aurez beſoin.

SCENE VII.

IBERE.

Dieux! qu'à mes deſſeins la fortune eſt con-
traire!
Que ie reçoy de maux par vn ſeul aduerſaire!
Mais quand meſme les Cieux & tous les Elemens
Seroient d'accord pour nuire à mes contentemens,
Ie perdray Francion en depit de leur rage;
Et ie prendray plaiſir à vanger cet outrage.
Ie meſpriſe Auſtraſie, & me ris de ſon mal:

Mais le pretexte est bon pour nuire à mon riual!
Que cette ame sans foy se perde, il ne m'importe,
Mais ie ne puis souffrir que Francion l'emporte.
Arme toy, ma fureur, & deuant peu d'Hyuers
Pour troubler son repos trouble tout l'Vniuers.
Porte dans ses Estats & le fer & la flame;
Qu'en vain à son secours tous les Dieux il reclame.
Quand ils le deffendroient au fort de nos combats;
S'il a ceux de là haut, i'auray ceux de là bas.
Ce riual iouira des Estats d'Austrasie?
O rigueur des destins! ô rage! ô ialousie!
Austrasie en ses mains, dont la seule maison
Cent fois pour le brusler m'a fourny le tison;
Cette Europe farouche, arrogante, inhumaine,
Loin de me redouter, se rira de ma peine;
Et ce riual superbe aura pour m'affliger,
Celle par qui mon cœur esperoit s'en vanger.
O desseins auortez, miserable foiblesse,
Qui me rends mesprisé de riual, de maistresse!
Inutiles desirs, impuissantes ardeurs,
Qui causez de la honte à qui veut des grandeurs,
Ou sortez de mon cœur, ou me faites cognoistre
L'art qui de l'Vniuers me doit rendre le maistre.
Mais non, n'en sortez pas, illustre passion,
Ie veux quitter la vie auec l'ambition.
Cessant de desirer, ie cesse d'estre Ibere.
Le Ciel à qui veut tout n'est pas tousiours prospere.
Vn iour en ma faueur ie le verray changé.
Ie me verray content, ie me verray vangé.

Cet astre malheureux à mes desseins contraire,
Ne luira pas tousiours dessus nostre Hemisphere.
A la fin la constance attire le bonheur.
Tant plus i'auray de mal, tant plus i'auray
     d'honneur.
Ibere, que dis-tu? ta force est mesprisée,
Tes pays sont deserts, ta richesse épuisée,
Tes sujets reuoltez, tes desseins découuers;
Et tu tentes en vain mille desseins diuers.
Tousiours à ses drapeaux s'attache la victoire;
Et tes plus grands efforts ne seruent qu'à sa gloire,
Que te peut-il rester de ces vaillans guerriers,
Qui dans les champs de Mars te cueilloient des
     lauriers?
Tant d'Estats separez où tes biens tu consommes,
Resistans à tes loix, ont consommé tes hommes.
Mais lasche que ie suis! en quelle humilité
L'excez d'vn mauuais sort m'a-t'il precipité?
Il me reste vn esprit, il me reste vn courage;
Et si la force manque, il me reste la rage.
Auant que de tout point ma vigueur soit à bas,
Les pays que ie tiens produiront des soldats.
L'ombre de mon pouuoir iadis si redoutable,
Aux peuples peut encor sembler épouuantable.
Et cette patience, ame d'vn noble cœur,
Qui des plus grands malheurs tousiours m'a fait
     vainqueur,
Malgré cent nations à me nuire animées,
De tous mes ennemis destruira les armées.

ACTE IV.
SCENE PREMIERE.

IBERE, GERMANIQVE.

IBERE.

A Pres auoir tenté mille efforts inutiles,
Apres auoir perdu tan de puiſſätes Villes,
Le ſang de mes ſujets & l'or de mes treſors,
Ie voy que l'Vniuers ſe rit de mes efforts.
O Dieux, vous trauerſez les hautes entrepriſes;
Et pour voir ſouz vos loix toutes choſes ſoumiſes,
Vous portez quelqu'enuie aux deſſeins genereux,
Et rendez bien ſouuět vn grand cœur malheureux.
Ce n'eſt pas contre vous que i'entreprens la guerre.
Souffrez qu'au moins ie ſois le pl° grand de la ter-
Pour donner vn obſtacle à mon ambition,　　(re.
Vous inſpirez la ſorce au bras de Francion.
Contre luy ſans effet ie me ſers de mes charmes:
Contre luy ſans effet ie me ſers de mes armes.
Si les ſiens par mon bras ſont rompus quelquefois,
Mille ſoins preuoyans arreſtent mes exploits.
Mon heur par ſa prudence eſt de peu de durée;
La breche que ie fais eſt ſoudain reparée.
Vne ſource ſans fin de ſolides conſeils
Preuient de toutes parts mes plus grãds appareils,

Et met du desespoir nos plus fermes courages,
Voyant le peu de fruit qui suit nos aduantages,
En vain pour auancer le cours de ces projets
I'excite la reuolte au cœur de ses suiets;
En vain dans ses Estats ie seme des libelles,
Contre ses grands desseins, contre ses plus fidelles;
Ma force & mon esprit se trouuent sans vertu.
De la terre & du Ciel ie me voy combattu.

GERMANIQVE.

Peut-estre attirez-vous vos maux & vos suplices
Par l'employ criminel de vos noirs artifices.
Ces infames amas d'escrits iniurieux
Semblent partir d'vn cœur & foible & furieux.
Au seul champ de l'honneur portons nostre courage,
Par tout à la vertu nous deuons rendre hommage;
Quelque part qu'elle soit, on la doit admirer,
Mesme en nos ennemis il la faut adorer.

IBERE.

Sçache que tout est iuste aux desseins où i'aspire,
Et que rien n'est honteux pour gaigner vn Empire.

GERMANIQVE.

Ce n'est pas le chemin à l'Empire des Cieux.

IBERE.

Germanique, croy moy, le Ciel est pour les Dieux.
Ie leur laisse leur part, qu'ils me laissent la Terre.
La paix est leur plaisir, & le mien est la guerre.

GERMANIQVE.

Et que sont deuenus ces tiltres specieux
De sage, d'equitable, & de religieux?

Tandisqu'vn faint pretexte a couuert vos outrages,
Vous pouuiez éblouir les efprits des moins fages.
Bien que l'intereft feul caufaft vos attentats,
Vous meritiez du blâme, & n'en receuiez pas.
L'ambition eft-elle vn droit bien legitime?
Au moins faut-il fonger à bien couurir vn crime.
Si vous euffiez fuiuy mes confeils innocens,
On nous verroit tous deux paifibles & puiffans.
Pour auoir pretendu des fortunes fi hautes,
Nous voyons Francion s'accroiftre par nos fautes.

IBERE.

Il faut tout mettre en œuure aux deffeins importãs.
Les pretextes pieux m'ont efté bons vn temps:
Mais on ne me croit plus, on cognoift trop Ibere;
Quand l'art eft découuert la force eft neceffaire.
Ie veux par des moyens couuerts ou découuerts
Ou perir ou me voir maiftre de l'Vniuers.
Ie veux de Francion affoiblir la puiffance;
Diffiper fes amys, rompre leur alliance;
Et renuoyer enfin au delà de leurs mers
Ceux qu'il a fait venir du bout de l'Vniuers.
L'Eftat de Francion eft vne mer changeante,
Souz l'empire des vents fujette à la tourmente.
Chez moy l'ambition vit eternellement;
Et le climat des Francs les porte au changement,
Au trouble, à la reuolte, & les rend inhabiles
A conduire long temps des projets difficiles.
Tandis que par le temps ie me rendray plus fort,
Va-t'en trouuer Europe, & propofe vn accord.

Qu'en

Qu'en quelque lieu chez toy l'on traitte cette affaire:
Que sans nos passe-ports on n'y puisse rien faire.
Nous les retarderons au gré de nos souhaits;
Et nourrirons la guerre en parlant de la paix.
Iure, promets, enfin fay tant qu'elle te croye.

SCENE II.

IBERE, HISPALE.

IBERE.

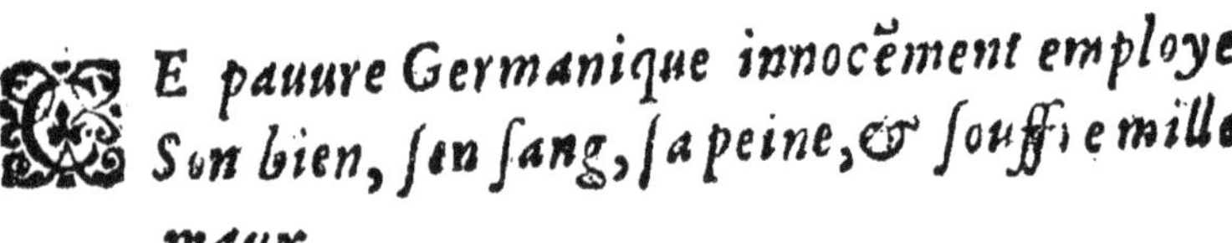

E pauure Germanique innocémment employe
Son bien, son sang, sa peine, & souffre mille
        maux
Esperant partager le fruit de mes trauaux.
Il croit que ses desseins prosperent par les nostres;
Ie pretends l'asseruir aussi bien que les autres.
Il se priue pour moy de repos, de plaisirs.
Sa force se destruit en suiuant ses plaisirs.

HISPALE.

Mais quoy? c'est vostre sang, voulez-vous le détrui-

IBERE.   (re?

Il faut perdre du sang quand il commence à nuire.
S'il peut contre moy-mesme vn iour se sousleuer,
Ce seroit me trahir que de le conseruer.

HISPALE.

Mais quoy? ce sang vous sert : voulez-vous qu'il
        se verse?
Et que vostre fureur sur vous-mesme s'exerce!

H

IBERE.

Tout sert à mes desseins : pour mon ambition
I'immole bonneur, parens, respect, religion.
Au besoin pour auoir authorité supresme,
I'immolerois encore vne part de moy-mesme.
Ie veux placer mon trosne au dessus de cent Rois,
Par le mespris du sang, par le mespris des loix,
Par la force, par l'art, par l'honneur, par la honte.
Il ne m'importe pas par quels degrez i'y monte.
C'est au prix de son sang qu'on dompte l'Vniuers,
I'en verse tant du mien en cent combats diuers:
Le fruit en est vtile, & la perte honorable;
Quoy? mon sang en autruy m'est-il considerable?
Ne craignôs point de perdre & le sang & le bien,
Vn Empire m'est tout, le reste ne m'est rien.
Mais ie voy Germanique auecque la Princesse.
Laissons-le entretenir cette fiere maistresse.

SCENE III.

EVROPE, GERMANIQVE, IBERE.
EVROPE.

Ton discours, Germanique, est selon mes
      souhaits:
Mais est-il resolu de me laisser en paix?
Son cœur en vn moment change-t'il de nature?
N'ay-ie pas grand sujet de craindre vne impo-
    sture?

GERMANIQVE.

Il ne peut plus souffrir de voir en tant de lieux
Ces destructeurs d'autels, ces ennemis les Dieux,
Tirez par Francion de la mer glaciale,
Pour pouuoir contre nous combattre à force égale.

EVROPE.

N'appelle pas ainsi ces inuincibles cœurs,
Qui tiennent vn beau rang entre mes deffenseurs.
S'ils n'ont point comme nous d'autels, de sacrifices,
Pour le moins cõ ne tbere ils n'ōt point d'artifices.
Ils disent franchement ce qu'ils pēsent des Dieux:
Et l'autre en m'opprimant fait le Religieux.
Par eux ie me maintiens & m'affranchis d'ouurage,
En plaignant leur erreur, i'admire leur courage.
Quel estoit ce grand Roy, ce puissant conquerant,
Qui par tes regions passa comme vn torrent?
Qui marchãt à grands pas au chemin de la gloire,
Fut mesme dans la mort suiuy de la victoire?
Quels sont tous ces grands Chefs de sa cendre en-
        fantez,
Qui par son ombre encor semblent estre assistez?
Quel estoit ce Saxon, ce valeureux courage,
Chassé par tes arrests de ton propre heritage?
Qui dans tes propres chãps auec peu de guerriers,
A cueilly tant de fois de glorieux lauriers?
Qui sans se consumer à battre des murailles,
A sçeu prendre tes forts à force de batailles;
Et vanger iustement la perte de son bien,
En resserrant par tout les limites du tien?

Combien sont de vertus en ce Prince enfermées,
Qui d'vn peuple affranchy commande les armées,
D'vn peuple qui d' bere abominant les loix,
A secoüé son joug par tant de beaux exploits?
Tu dis que Francion ne peut rien sans ces Princes:
Et qu'Ibere peut-il sans toy sans tes Prouinces?

GERMANIQVE.

Mais ie suis de son sang: nous auons mesmes

EVROPE.　　　　　　(Dieux,

Tous ceux-là sont mon sang, nous voyons mes-
　　　mes Cieux.

Adore-t'on nos Dieux dans toutes vos armées?
De chez vous les erreurs se sont par tout semées.
Ibere des errans fait le plus grand appuy;
Et ce qu'il fait luy-mesme, il le blasme en autruy.
Francion suit l'erreur? Dieux! qui le pourroit dire?
Luy qui d'impietez nettoya son Empire;
Qui redressa par tout les autels desolez,
Qui fit redifier mille temples bruslez:
Imitant ses Ayeulx, qui malgré tes Ancestres
Dans leurs trosnes sacrez remirent mes grands
　　　Prestres.
Et le Franc & l'Ibere ont esté bien diuers:
L'vn les met dans leur Trosne, & l'autre dans les

GERMANIQVE.　　　　　　(fers.

Ma Princesse, oubliez ces outrageux exemples.
C'est Ibere, c'est moy qui deffendons les Temples.

EVROPE.

Toy mesme aux ennemis de nos Dieux immortels

N'abandonnas-tu pas n'agueres tant d'Autels?
Ibere pour gaigner ceux-là que tu detestes,
Te força de donner au mespris des celestes,
Les Temples & les biens de mes Prestres mitrez.
Pour regner aux despens des Domaines sacrez.
Estrange impieté dans le siecle où nous sommes,
Que l'on perde les Dieux pour acquerir les hômes!

GERMANIQVE.

Mais quoy? i'y suis contraint : c'est le malheur du

EVROPE.   (temps.

N'accuse donc pas ceux, qui par conseils prudens,
Sans faire aux immortels vne pareille offense,
Ont appellé les miens pour ma seule deffense.

GERMANIQVE.

Ma Reyne, tous ces maux vont finir par la paix.
Nous voulons auec vous la iurer pour iamais.

EVROPE.

Ie le veux, ie te croy. les Germains sont synceres,
S'ils n'ont degeneré de l'humeur de leurs peres.
Va retrouuer Ibere, & dy qu'auec plaisir
Ie concluray la paix, que c'est tout mon desir.

SCENE IV.

EVROPE, AVSONIE.

EVROPE.

Ay l'esprit agité, ma fidelle Ausonie.
L'esperance me donne vne ioye infinie:

Mais ie connois Ibere, ardant en ses desirs,
Qui du trouble d'autruy forme tous ses plaisirs;
Qui croit, tant nos destins ont la trame diuerse,
Que son heur s'établit quand le mien se renuerse.
Changera-t'il d'humeur? pourray-ie desormais
Esperer mon repos de qui n'en eut iamais?
Non, il a trop d'ardeur, il a trop d'iniustice.
Souz ce masque de paix ie voy son artifice.
Ce cœur ambitieux ne se sçauroit calmer.
Son amour est vn feu qui veut tout consumer.
Il veut que toute chose en luy seul se confonde:
Il veut en m'embrasant embraser tout le monde.
Toutefois Germanique est veritable & franc.
Voudroit-il m'asseruir pour agrandir son sang?
Non, il n'est pas trompeur, ie veux croire qu'il
        m'ayme:
Mais ie puis croire aussi qu'il est trompé luy-mes-
Ibere, lors que Mars va contre ses souhaits,   (me,
Nous amuse tousiours par des propos de paix;
Et pour nourrir tousiours sa criminelle flame,
A la paix dans la bouche, & la guerre dans l'ame.
Mais si par ses malheurs son feu s'estoit esteint?
Peut-estre que ie crains, lors que c'est luy qui
        craint.
Oüy, i'espere la paix: mais qu'est-ce que i'espere?
Mon espoir, n'es-tu pas aussi trompeur qu'Ibere?
Toutefois qu'ay-ie à craindre? il le faut escouter.
Si la paix se peut faire, il la faut accepter.
Nous feindrons comme luy, s'il en parle par feinte.

S'il feint par son humeur, nous feindrons par con-
trainte.
Ainsi nous luy rendrons, en faisant ce qu'il fait,
La feinte pour la feinte, & l'effet pour effet.

SCENE V.

EVROPE, AVSONIE, AVSTRASIE.

EVROPE.

 Ve voy-ie? est-ce Austrasie?

AVSONIE.

Ah! Dieux! qu'elle est changée!

AVSTRASIE

Ma Reyne, ayez pitié d'vne pauure affligée,
Que Francion reduit à cette extremué
D'implorer le secours de vostre Majesté.
Ceux qui me protegeoient au besoin m'ont laißée,
En vain ie les seruois d'effet & de pensée.
Ils ont laißé destruire vn Estat fleurißant,
Et pour moy leur pouuoir s'est fait voir impuißãt.
On parle de la paix; en accordant les Princes,
Faites que Francion me rende mes Prouinces.

EVROPE.

Leuez-vous, Austrasie, est-ce pas iustement
Que vos desseins ont eu ce triste euenement?
Francion de vos maux ne peut estre blasmable.
Pouuez-vous desnier que vous soyez coupable?
Tout l'Estat d'vn rebelle au vainqueur appartient.

Qui iustement l'a pris, iustement le retient.
Croyez-vous qu'aucun Prince en vos maux s'interesse?
Ce seroit des vassaux nourrir la hardiesse:
Ce seroit s'attirer vn semblable malheur.
En prenant vostre cause, ils trahiroient la leur.
Si vous n'abandonnez les intherests d'Ibere,
On ne vous rendra rien dans la paix que i'espere.

AVSTRASIE.

Les dois-ie donc quitter?

EVROPE.

                Hé bien, ne quittez rien.
Et pour son amitié perdez tout vostre bien.

AVSTRASIE.

Il m'a dit qu'il m'aymoit, que son ame assertie
Me consacroit ses biens, son bras, son sang, sa vie;
Qu'il sçauroit me deffendre, agrandir mes Estats,
Et me faire honorer de tous les Potentats.

EVROPE.

Il m'en a dit autant.

AVSONIE.

          A moy la mesme chose.

EVROPE.

Voyez que de desseins ensemble il se propose.
Il en veut tromper vne.

AVSONIE.

            Ou piustost toutes trois.

EVROPE.

En moy seule il auroit les trois dessouz ses loix.

AVSONIE.

AVSONIE.

Qui le croit a souuent vn sort bien déplorable.

EVROPE.

Aussi la plus credule est la plus miserable.
Qui le croit perd l'honeur, la franchise & le bien,
Son cœur ambitieux n'est satisfait de rien.
Souz pretexte d'amour il veut l'vne par l'autre.
Il veut ma liberté, puis il pretend la vostre.
Il pretend l'Vniuers de l'vn à l'autre bout.
L'amour n'a qu'vn objet, l'ambition veut tout.
L'amant veut le bonheur de l'objet qui l'anime;
Et de ce qu'ayme Ibere il en fait sa victime;
Pire que n'est la mort, semblable en ce seul poinct
Qu'elle prend tous sans cesse, & ne s'assouuit point:
Mais en vn autre poinct cent fois plus redoutable,
L'vne oste tous les maux, l'autre nous en accable.
Voyez en quel estat l'a mise son amour.
Il ne luy reste plus à perdre que le iour.

AVSTRASIE.

Tout mon mal ne m'est rien si i'ay vostre assistan-

EVROPE.   (ce.

Mais sur quoy voulez-vous fonder vostre esperāce?

AVSTRASIE.

Sur vous qui de mes maux me pouuez garantir.

EVROPE.

Mais esperez plustost en vostre repentir.

SCENE VI.

AVSTRASIE, AVSONIE.

AVSTRASIE.

AV milieu de mes maux ce penser me soulage,
Que par moy Francion a receu du dommage:
Du moins ie l'ay troublé, du moins il a souffert.

AVSONIE.

Que sert de perdre autruy quand soy mesme on se
AVSTRASIE.   (perd?

Qui se vange est heureux, il guerit sa blessure;
Il rend à qui le blesse iniure pour iniure :
De honteux qu'il estoit il se rend glorieux;
Et se vanger enfin c'est imiter les Dieux.

AVSONIE.

Les Dieux ont pour eux seuls reserué la vēgeance;
Ainsi les imiter c'est leur faire vne offense.
Mais qu'a fait Francion?

AVSTRASIE.

                    Que ne m'a-t'il point fait?
AVSONIE.

Austrasie, auoüez ce que le monde sçait.
Dites plustost quel mal n'ay-ie voulu luy faire.
Entre Princes égaux qui d'vn cœur temeraire
Fait la premiere offence, a le blasme & le tort:
Le moindre entre inégaux doit souffrir du plº fort;
Sinon il se perd plus que celuy qui l'offence.

Et s'il se doit vanger c'eſt de ſon imprudence.
AVSTRASIE.
Oſer plus qu'on ne peut eſt l'effet d'vn grand cœur,
Qui veut vaincre ſe rend digne d'eſtre vainqueur.
Qui n'oſe pas ſortir de ſes bornes preſcrites,
Monſtre vn eſprit reſtraint ainſi que ſes limites;
Et qui les ſçait paſſer, ſe fait voir en effet
Plus grand par ſa vertu que le Ciel ne l'a fait.
AVSONIE.
Qui veut plus qu'il ne peut fait voir moins de puiſ-
     ſance,
Que s'il ſe contenoit au point de ſa naiſſance.
AVSTRASIE.
On paſſe toute borne afin de ſe vanger.
AVSONIE.
Ce n'eſt pas ſe vanger, c'eſt pluſtoſt s'outrager.
AVSTRASIE.
Quiconque en ſe perdant perd celuy qui l'outrage,
Prend plaiſir à ſa perte, & fait voir ſon courage.
AVSONIE.
Les foux deſeſperez dans le ſort malheureux,
Voudroient voir bien ſouuent tout perir auec eux.
Mais bien ſouuent auſſi le Ciel par ſa iuſtice
Conſentant à leur perte arreſte leur malice.
Vous ne perdez que vo⁹, Francion plain d'honneur,
Dans voſtre abbaiſſement trouuera ſon bon-heur.
AVSTRASIE.
Hé bien il faut perir : ce qui m'eſt imprudence
Fut prudēce aux ayeux dont ie tiens ma naiſſance.

Il: trouuerent du gain à quitter la raison.
Leur heur m'est vn malheur, leur remede vn poison.
Ils se sont augmentez par de sanglantes ligues;
Et ie trouue ma perte en semblables intrigues.

AVSONIE.

Francion n'est plus tel que dans ces temps confus.
Le mal qu'il eut au cœur ne le tourmente plus.
Qui l'attaque en sa force irrite sa colere,
Et sent ce que merite vn dessein temeraire.
Il faut d'autres moyens pour vaincre ce grand

### AVSTRASIE.					(cœur.

Et quels sont ces moyens?

AVSONIE.

						Se soûmettre au vainqueur.
On appaise vn grand Prince en souffrant sa colere;
Luy-mesme il se desarme & soudain se modere.
Se soûmettant à luy l'on demeure puissant.
Lors plus il a de force, & moins on la ressent.
Il nous comble de biens pour se combler de gloire.
L'humilité fait plus que n'eût fait la victoire.

AVSTRASIE.

Faut-il donc m'abaisser? c'est le plus grand des

### AVSONIE.					(maux.

Qu'esperez-vous de mieux auec mille trauaux?

AVSTRASIE.

Ie ne sçay desormais ce qu'il faut que i'espere.
I'ayme peu Francion, i'espere peu d'Ibere.

AVSONIE.

Vers lequel irez-vous, ne possedant plus rien?

Ibere a voſtre cœur, Francion voſtre bien,
Belle Auſtraſie, Adieu : penſez à voſtre affaire,
Et qu'vn prompt repentir vous eſt bien neceſſaire.

SCENE VII.

AVSTRASIE.

Iſerable Auſtraſie, enfin ouure les yeux;
Et voy que tes deſſeins ſont à tous odieux.
Ceſſe d'eſtre imprudente, aueugle & temeraire;
Et ceſſe enfin d'aymer tout ce qui t'eſt contraire.
Tu ſers vn orgueilleux, ingrat & ſans pitié.
Qui manque de pouuoir, ou manque d'amitié.
Tu ſers qui fit ton mal : qui t'aymoit tu l'offenſes;
Et nul ne te deffend de ſes iuſtes vangeances.
Il eſt vray, i'ay failly : ie ſouffre iuſtement.
I'ay trahy ma raiſon, mon deuoir, mon ſerment.
Le Ciel m'a fait perir par mon propre artifice;
En cherchant mon ſalut, i'ay trouué mon ſupplice.
Mes pays ſont deſerts, mes parens exilez,
Mes peuples aſſeruis, & mes champs deſolez.
Rien ne peut ſoulager l'ennuy qui me poſſede,
Si l'autheur de mes maux n'en deuient le remede.
Vn remords en mon cœur deſia ie fait ſentir.
Sus, reparons la faute auec le repentir.
Que me ſert d'eſperer en vne paix douteuſe?
Eſtant preſte à perir, l'attente eſt dangereuſe,
Ibere fuit la paix : il nous trompe, & ie croy

Qu'il ne la fera point, ou la fera sans moy?
Noſtre eſprit à l'erreur s'eſtant laiſſé ſurprendre,
C'eſt gloire quand ſoy meſme on ſe ſçait bien re-
    prendre.
Allons vers Francion : allons, c'eſt vn arreſt
Que mon honneur prononce auec mon intereſt;
Et ſi l'on veut ſçauoir quelle raiſon l'emporte,
C'eſt la neceßité, des raiſons la plus forte.
I'ay creu ſeruant Ibere agrandir mes Eſtats,
Et ie trouue que meſme il ne les deffend pas.
En penſant le ſeruir, ie me ſuis aſſeruie.
Il ne me donne pas le ſouſtien de ma vie:
Il m'offenſe, il m'outrage, & ſourd à mon deſir,
Refuſe ce qu'il faut meſme pour le ſeruir.
Mes biens ſont au pouuoir d'vn riual qui le braue:
Il n'a que ma perſonne, & la traitte en eſclaue.
Enfin i'ay tout perdu, mon repos, mon bon-heur.
Il me reſte à ſauuer ma vie & mon honneur.
Allons vers Francion : mais qu'eſt-ce que i'eſpere?
Me pourra-t'il traitter mieux que ne fait Ibere?
Celuy que ie ſeruois ne me protege pas:
Celuy que i'offenſois m'ouurira-t'il les bras?
Ce que i'oſe eſt douteux : mais l'attente eſt funeſte:
Le remede eſt peu ſeur, mais le ſeul qui me reſte.
Vn bon-heur incertain doit eſtre preferé
Aux ſenſibles effets d'vn malheur aſſeuré.
Va faire à Francion, mon cœur, vn ſacrifice.
Sa bonté me rendra ce qu'a pris ſa iuſtice.

Iettons-nous à ses pieds : allons sans redouter ;
C'est à l'humilité qu'il ne peut resister.

ACTE V.
SCENE PREMIERE.
AVSTRASIE.

V s, il faut rendre aux Dieux tous les vœux
  que i'ay faits.
Ie voy tous mes desirs plainement satisfaits.
Francion, ce cœur noble, a fait par sa clemence
Que mon heur a passé mesme mon esperance.
Il m'a rendu les biens, & la vie, & l'honneur,
Et mesme apres ma faute il m'a rendu son cœur.
Ce courage si fort, esleué dans les armes,
Me voyant à ses pieds n'a peu tenir ses larmes.
Mais quoy ? me pardonner ce n'estoit pas assez.
Oublions, m'a-t'il dit les desordres passez.
Ie vous rends tous vos biens, & n'en retiens qu'vn
  gage,
Pour vous faire penser que vous fusses volage,
Que vous meritiez bien de tout perdre à iamais,
Et pour vous retenir en deuoir desormais.
N'escoutez plus les voix des trompeuses Sireines,
Dont le charme mortel vous causa tant de peines.
Monstrez à vos sujets vn Empire plus doux,

Et la mesme bonté que i'exerce enuers vous.
Puis laissant ce propos par vne adresse prompte,
Luy mesme humainement a soulagé ma honte.
Me rendre mes Estats, & n'en reseruer rien
Que pour me rendre sage, & pour mon propre bien,
Depeur qu'vne autre fois ie ne tombe en ma faute,
Peut-on s'imaginer vne bonté plus haute?
Rendre vne part d'vn bien perdu par vn forfait,
Est plus que rendre tout à qui n'a point mal fait.
Aussi ie veux par tout le seruir & le suiure.
Prés de luy desormais ie veux mourir & viure.
Il m'a fait cent faueurs, & tous ceux de sa Cour
Ont par jeux & festins celebré mon retour.
Enfin ie ne suis plus cette pauure affligée,
De presens & d'honneurs ie retourne chargée.
Ie m'en vay publier à toute Nation
La magnanimité du cœur de Francion.

SCENE II.

GERMANIQVE, AVSTRASIE.

GERMANIQVE.

E' bien, d'où venez-vous, infidelle & volage?

AVSTRASIE.

Mais ie pretends plustost auoir le nom de sage.

GERMANIQVE.

Pensez-vous estre sage en changeant tous les iours?

AVSTRASIE.

AVSTRASIE.

Mais en sauuant mon bien, & sans voſtre secours?

GERMANIQVE.

Vous l'eußiez eu par nous auec bien pl° de gloire.

AVSTRASIE.

On m'a long temps trompé en me le faiſant croire.

GERMANIQVE.

Vous ſçauez les perils que pour vous i'ay courus.

AVSTRASIE

Quels perils? mais c'eſt moy qui vous ay secourus.

GERMANIQVE.

Ie deuois preferer ma deffence à la voſtre.

AVSTRASIE.

N'eſperant rien de vous, i'ay tout receu d'vn autre.

GERMANIQVE.

Mais qu'auez-vous gaigné ſi vous eſtes à luy?

AVSTRASIE.

Mon bien que ce grãd cœur m'a remis auiourd'huy.

GERMANIQVE.

Il pourra le rauoir quand il le voudra prendre.

AVSTRASIE.

S'il vouloit le rauoir, deuoit-il me le rendre?

GERMANIQVE.

Mais quoy? cette action peut auoir diuers ſens.

AVSTRASIE.

Quels? ſinon qu'vn grand cœur pardonne aux im‑
puiſſans?

GERMANIQVE.

Ce fut par vanité, pour ſe rendre admirable

K

EVROPE.
AVSTRASIE.

Ibere eut-il iamais de vanité semblable?

GERMANIQVE.

Soutient on fait du bien par pure ambition?

AVSTRASIE.

Non non, i'ay penetré le cœur de Francion.
Il est sans interest, sans orgueil, sans malice.
Son cœur franc veut la paix sans fard, sans artifice,
Pouuez-vous iustement blasmer de vanité
Vn acte tout remply de magnanimité?
Pardonner aux vaincus releue la victoire;
Et nul soupçon d'orgueil n'en peut soüiller la gloire?
Pensez-vous qu'il vous craigne en me rendant mon
    bien?
Francion fait tout craindre, & ne redoute rien.
Il agit par sagesse, & non pas par contrainte.
Il vous poursuit par tout; est-ce vn signe de crainte?
Ce grand Roy nous fait voir par de nobles effets
L'infaillible chemin pour aller à la paix.
Il rend ce qu'il a pris : il n'est point d'autre voye.
Qu'Ibere quitte aussi toute sa vieille proye.
Il faut que par la paix chacun rentre en son bien.
Ce qu'il prend sur Ibere est pour rauoir le sien.
On a veu sa valeur, il fait voir sa iustice.
Cette illustre action fait taire ta malice.
C'est pour luy maintenant que combattent les
    Cieux.
Rendre le bien d'autruy, c'est s'acquerir les
    Dieux.

Il faut l'intimider par vn cuisant reproche.
Elle suit le party du dernier qui s'approche.
Voyez l'aueugle erreur de cet esprit mouuant,
Tousiours prest sans raison à tourner à tout vent,
Quoy donc; vne ame foible & legere & changeate,
Pour me faire changer veut faire la prudente?
Où sont ces mouuemens, ces rages, ces transports,
Alors que Francion s'emparoit de vos forts?
Il en retient encor la meilleure partie.
Il vous tient souz ses loix tousiours assujettie.
Il dit qu'il vous oblige, en gardant vostre bien.
Il faut luy deuoir tout, ou ne luy deuoir rien.
Quoy donc? on vous a veüe à ses pieds prosternée,
Et de vostre gré mesme en triomphe menée?
N'est-ce pas laschement s'affranchir du malheur,
D'obtenir par pitié ce qu'on peut par valeur?
C'est luy qui fit le mal, & c'est luy qui pardonne.
Il doit demander grace, & c'est luy qui la donne.
On perd tout, quand le sens est vne fois perdu.
Quand mesme il seroit vray qu'il vous eût tout
        rendu:
C'est vn pesant fardeau d'estre trop obligée.
Mais s'il ne vous rend tout, taschez d'estre vangée.

AVSTRASIE.

Dieux! que ie suis troublée! il a quelque raison:
Mais suiure leur party n'est pas trop de saison.
Germanique a dessein d'ébranler mon courage;
Et veut faire passer vn bien-fait pour outrage.

Que feray-ie, bons Dieux! suiuray-ie Francion?
Ie ne puis plus le voir qu'à ma confusion:
Il m'a fait trop de biens : aussi suiuray-ie Ibere?
Il m'a fait trop de maux : & quel bien peut-il faire?
Ie vous fuy, Germanique, éloignez-vous de moy;
Ibere, c'est en vain que vous tentez ma foy.
Francion me retient, il faut que ie le suiue.
A force de bien-faits il m'a fait sa captiue.
I'ay promis, i'ay iuré de viure souz ses loix.
Mon honneur m'y contraint, ie le veux, ie le dois.
Toutefois qu'ay-ie dit? i'ay iuré par contrainte.
Ie puis dire par tout que ie le fis par feinte.
Ie ne le suiuray pas. Il m'a rendu mon bien:
Mais estoit-ce vn bien-fait que me rendre le mien?
Toutefois le laisser : c'est trop d'ingratitude.
Mais i'entens qu'il me fait vn reproche bien rude;
Qu'il m'a rendu la vie, & l'honneur, & le bien.
Ah! c'est trop: qui doit tout pense ne deuoir rien.
Quoy? rien n'est plus à moy; ie luy dois toutes
     choses
Les chaines des biē-faits sont des chaines de roses:
On les rompt aisement : ie m'en veux dégager.
Ibere, reuenez : ie vous veux obliger.
A vous par les bien-faits ie ne suis point sujette.
I'ayme mieux faire vn don, que payer vne debte.
Ie veux vous suiure, Ibere : allons, ie le veux bien.
Ie ne vous ayme pas, mais ie ne vous doy rien.
Et bien que vostre cœur soit plus dur qu'vne roche,
Vous ne pouuez du moins me faire aucun reproche.

Traittez bien vos sujets, me disoit Francion.
Ah! conseil trop contraire à mon ambition.
Donc il me prescrira tout ce que ie doy faire?
Donc ie reçoy la loy? faisons tout le contraire.
On borne ma puissance, & ie veux faire voir
Par de sanglans effets ce que i'ay de pouuoir.

SCENE III.

GERMANIQVE.

Eut-on s'imaginer vn plus brusque caprice?
Pour troubler cet esprit il faut peu d'artifice.
Voyez qu'il est aisé de la faire changer.
En quels nouueaux tourmens va-t'elle s'engager?
Auant que mes propos luy donnassent la crainte,
Les siens m'auoient touché, i'en ay senty l'attainte.
Francion se despouïlle, & ne veut rien d'autruy;
Ibere en prenant tout ne veat rien que pour luy.
Sans cesse il me contraint de suiure ses caprices,
Et de fauoriser toutes ses iniustices.
Lors que dans mes Estats il me void empesché,
A ses seuls intherests ce superbe attaché,
Me fait quitter le soin d'establir ma puissance,
Et me rauit moy mesme à ma propre deffense.
Perdray-ie mon Pays pour maintenir mon sang:
Mon Pays qui m'a mis en ce superbe rang?
Ie le tiens par son choix, & non par ma naissance.
Ie doy perdre mon bien, mon sang pour sa deffence.

Me donnant la couronne il me fit cette loy:
Ie suis à mon Estat, non mon Estat à moy.
Ibere inmole tout au feu qui le deuore.
Il veut, en m'oftant tout, m'ofter l'honneur encore.
S'il se fait quelque mal il l'impute aux Germains,
Et touffours les beaux faits font œuures de ses
    mains.
Il vfurpe touffours le fruit de ma voctoire.
I'en ay tout le trauail, & luy toute la gloire.
Il faut pour nous fauuer d'vn malheur euident,
Qu'il ceffe d'eftre iniufte, & moy d'eftre imprudēt.
Noftre fang à fes fins ne fert que d'apparence.
Ibere & Francion n'out-ils point d'alliance?
Contre luy toutefois il me force d'armer;
Et par luy quelque iour il voudra m'opprimer.
Bien qu'il foit de mõ fang, faut-il qu'il me domine?
Les Frãcs & les Germains font de mefme origine:
Nous auons mefme Ciel, mefmes mœurs, mefmes
    loix:
Noftre ame également fe porte aux beaux exploix.
Nous reuerons les Dieux, Ibere les meſprife:
Ibere ayme le fard, nous aymons la franchife:
Ibere n'eft que fraude, orgueil & vanité:
Nous aymons la candeur, la foy, l'humanité:
A furprendre vn voifin touffours Ibere afpire:
Nous le laiffons en paix, cõtens de noftre Empire.
Il faut que d'vn accord les Francs & les Germains
Le forcent à fouffrir le repos des humains.

SCENE IV.

FRANCION, EVROPE, AVSONIE.
FRANCION.

IE voulois détromper le vaillāt Germanique,
Mais il part en courroux : quelque chose le
  picque.

EVROPE.

Ausonie, embrassons ce genereux vainqueur,
Qui pour dernier exploict a sçeu vaincre son cœur.
Qui liberalement rendant vne conqueste,
De rayons eternels a couronné sa teste.
Cet acte va fermer la bouche aux enuieux.
Francion est loüé de la terre & des Cieux :
Il fait voir qu'il s'armoit pour ma seule deffense,
Et qu'il veut mon repos pour toute recompense.
Dedans cette action ie voy par ses vertus
L'enuie & les tyrans d'vn seul coup abbatus.
Mais sçachez, Francion, le bien qu'on nous pro-
  pose.
Il faut que desormais vostre bras so repose.
Enfin, mon Cheualier, on nous donne la paix :
Pour le moins si de l'offre on en vient aux effets.

FRANCION.

Qui l'offre?

EVROPE.

Germanique, & de la part d'Ibere.

FRANCION.
L'Ibere? asseurez-vous que c'est vne chimere.

EVROPE.
Il veut faire serment, & coniurer les Dieux
De punir le pariure.

FRANCION.
O le religieux!

EVROPE.
S'il void que de son offre on ayt pris de l'ombrage,
Il pourra du refus tirer grand auantage.
Il publira par tout qu'il desire la paix,
Que vous aymez la guerre & ses sanglants effects;
Que vous pressez secours à ses peuples rebelles,
Et sans cesse aspirez à conquestes nouuelles.
Enfin si l'on refuse vn bien si precieux,
Il croit auoir pour luy les hommes & les Dieux.

FRANCION
Il sçait parler de paix, & moy ie la sçay faire:
Il la fuit & la craint : ie la cherche & l'espere.
Il dit bien qu'il ne veut que le commun repos,
Mais soudain ses effects dementent ses propos;
Et moy sans affecter d'estre creu pacifique,
I'establis en effect la liberté publique.
Deuois-ie deu souffrir que tout luy fust permis?
Qu'il fust pres de moy despouiller mes amis?
Qu'ennemy de leurs biens il rauit ma couronne?
Qui delaisse vn amy soy mesme s'abandonne.
Si l'on m'a nommé le premier de ses fils,
Dois attendre de voir ses autels asseruis?

Et que Rome bien-tost par Ibere opprimée,
Souffre encore le joug d'vne insolente armée?
Le Ciel que ie deffends m'a mis le fer en main;
Et ie l'ay fait agir d'vn effort plus qu'humain.
I'ay pour mes alliez employé ma puissance:
On croit les Francs legers, pourtant auec constance.
Ie les ay secourus, & ie persiste encor
D'employer pour leur ayde & mon fer & mon or.
Au sein des ennemis i'ay sçeu porter la guerre:
Ie n'ay pas deu m'armer pour desoler ma terre;
I'ay dompté l'Estranger, & gardé ma maison:
I'ay deu l'vn par vengeance, & l'autre par raison.
I'ay conquis, il est vray: m'en sçauroit-on reprẽdre?
M'estois-ie donc armé pour ne rien entreprendre?
Ce que mon bras acquît sur de moindres que moy
Par bonté ie le rends en leur donnant la loy;
Et sçay contre vn égal garder auec courage
Ce que i'ay reconquis de mon vieil heritage.
Il est vray, ie maintiens & maintiendray tousiours
Des peuples affranchis qui cherchent mon secours,
Qui ne s'estoiẽt dõnez que souz des loix restraintes,
Qu'Ibere imperieux a fierement enfraintes.
Ie n'ay pas recherché qu'ils me fissent leur Roy:
Ie suis assez content s'ils viuent souz leur loy:
Et i'atteste des Dieux la puissance supresme,
Que qui se donne à moy, ie le rends à luy-mesme.
Hé bien i'assiste vn Roy qui d'vn bras glorieux
A repris vn Estat surpris à ses ayeux.
Cette deffense est iuste, & ce Roy legitime

A repris par vertu ce qui fut pris par crime:
Il faut que d'vn accord chacun rentre en son bien;
Ie pretens seulement qu'on me rende le mien.
Mon esprit à la paix ne se rend point contraire;
Et c'est bien la vouloir que forcer à la faire.

EVROPE.

Ie desire la paix, & la veux esperer.
C'est à moy d'y courir, à vous de l'asseurer

FRANCION.

Pourueu qu'en cette paix dont il donne esperance,
Tous nos chers Alliez trouuent leur asseurance;
Qu'elle serre entre tous vn durable lien,
Dans leur contentement ie trouueray le mien.
Ibere espere en vain que ie les abandonne.
Ie quitterois plustost honneur, Sceptre & Couronne,
I'estime trop leur foy, i'ayme trop leur valeur.
De tous mes interests le premier est le leur.
La paix puisse regner desormais sur la terre.
C'est pour la seule paix que ie souftiens la guerre.
I'ayme le nom de Iuste, & quand les Conquerans
Ne veulent qu'enuahir, ils ne sont que Tyrans.
Moy seul i'ay combattu trois puissances royales:
I'ay rendu par bonté trois Couronnes Ducales.
Ie sçay tout conquerir, mais ie ne garde rien;
Trop content de la gloire, & de mon propre bien.

EVROPE.

Retirons-nous d'icy : ie voy venir Ibere.

FRANCION.

Sans estre veu de luy, voyons ce qu'il veut faire.

SCENE V.

IBERE.

V'vn Prince eſt malheureux! & que la ve-
    rité
S'approche rarement d'vn Troſne redouté !
Ses vertus ſont deffauts ſi l'on en croit l'enuie:
Ses deffauts ſont vertus s'il croit la flatterie.
On luy déguiſe tout d'vne fauſſe couleur.
A nis comme ennemis conſpirent ſon malheur.
Ie ſuis cruel, trompeur, iniuſte & ſanguinaire,
Dans la bouche de ceux qui redoutent Ibere.
Ie ſuis doux, ie ſuis plein de iuſtice & de foy,
Dans la bouche de ceux qui ſont autour de moy.
Ie ne ſçay quel ie ſuis, ny qui peut me l'apprendre;
L'amy veut m'aueugler, l'ennemy me ſurprendre.
Ibere, tout te trompe Ah! conſulte ton cœur.
Sçais-tu pas que le ſage eſt ſon propre Cenſeur?
Conſidere toy bien; ta richeſſe eſt immenſe.
Ta grandeur fait par tout redouter ta puiſſance.
Il eſt vray, ie ſuis grand, ie ſuis riche auiourd'huy:
Mais d'où viennent tes biens? des deſpouilles d'au-
    truy.
Aucuns pris par raiſon, beaucoup par iniuſtice;
Tous enfin par la force, ou bien par l'artifice.
De qui les as-tu pris? d'amis & d'ennemis?
Regarde en quel eſtat tes conqueſtes t'ont mis.

As-tu leſprit content? non, rien ne le contente,
Le bien de mes voiſins me trouble & me tourmëtë:
Tout ce qui n'eſt pas mien a pour moy des appas;
Et tout ce que ie tiens ne me ſatisfait pas.
Vn ſeul rival te trouble. Apres que mes anceſtres
Ont perdu tant de temps pour deuenir ſes maiſtres,
Tant d'or & tant de ſang; mon mal eſt que ie voy
Qu'il reſte aſſez puiſſant pour me donner la loy.
Voy tes biens & tes maux : côpare les toy-meſme,
Mon bonheur n'eſt pas grand, ma miſere eſt ex-
     treme .
Seul tu cauſes ton mal, voulant trop acquerir.
Ie l'auouë & le voy. Mais il en faut guerir.
Ie ne le puis, Le Ciel t'aduertit d'eſtre ſage.
I'entens la voix du Ciel, ie connois ton langage.
Ie me parle, & ſa voix m'inſtruit de tous coſtez,
En arreſtant le cours de mes proſperitez.
Es-tu ſourd à ſa voix? & ſuis-tu ſa lumiere?
Les Roys n'ôt poit de pieds pour marcher en arrie-
Il leur eſt naturel d'aller vers leur grãdeur.   (re;
Dieu ſeul peut mettre frain à leur auide ardeur.
Ie veux dominer tout, ou que tout me domine.
Il vaut mieux t'arreſter qu'aller vers ta ruine.
Puiſſant pour ma ruine, impuiſſant pour mon bien,
Ie ne puis rien laiſſer de tout ce que ie tien.
Penſes-tu reſiſter aux puiſſances celeſtes?
Non, mais i'attës l'effect de leurs arreſts funeſtes.
Ibere s'abandonne à leur bras foudroyant,
Qu'il ne peut euiter meſme en le prenoyant.

SCENE VI.

EVROPE, FRANCION, AVSONIE.

EVROPE.

Oyez qu'en me gesnant luy-mesme est à la
gesne.
Puisse-t'il pour le moins profiter de sa peine.

FRANCION.

Bien qu'il me soit contraire, il me touche & m'in-
struit.
Son mal peut faire vn bië, i'en veux tirer du fruit.
Il fait la voix du Ciel, il y fait resistance:
Et moy ie la suiuray si i'en ay connoissance.
S'il dit qu'il m'est aisé de moderer mon cœur,
Lorsque de toutes parts le Ciel me rend vainqueur,
Ie iure deuant tous que si la main puissante
Qui rend ma force heureuse & ma gloire éclatante
M'ordonne de descendre apres auoir monté,
I'iray d'vn mesme pas dedans l'aduersité.
Ibere s'est trompé par la vaine creance
Qu'il ne deuoit qu'à soy l'excez de sa puissance;
Et moy bien different, ie proteste en tous lieux
Que ie ne me doy rien, que ie doy tout aux Dieux:
Que ie n'ay pas semé ce que ma main moissonne:
Que ces fruits sont du Ciel, que luy seul me les dône:
A quoy tant de pays, tant d'hommes souz nos loix?
La gloire nous suffit, c'est le tresor des Roys.

Qui prend tout fans iuftice, & iameis ne s'arrefte,
Fait vn vol manifefte, & non vne conquefte.
Pour moy ie ne pretens ny conquefte ny bien,
Si l'interest public ne marche auant le mien.
L'oppreffeur s'appauurit plus que ceux qu'il op-
　　prime.
Il perd toute fa gloire en commettant vn crime.
Enuier l'heur d'autruy, c'eft n'aymer pas le fien.
Qui veut tout fait fouuent qu'il ne referue rien.
Tu fçais tout le defir, Ciel, dont ie t'importune,
Qu'aux bornes de mon droit tu bornes ma fortune
Ie combas pour Europe, & n'en veux autre prix.
Que les biens qu'autrefois Ibere m'auoit pris.
Dieu, que vous eftes iufte! il perd voulant tout
　　prendre.
Et i'acquiers quand mon bras s'arme pour tout
　　deffendre.
Mais tout ce que ie prens n'eft int pas de fon bien,
Il peut en perdant tout, dire qu'il ne perd rien.

SCENE VII.

LILIAN, EVROPE, FRANCION,
AVSONIE.

LILIAN.

E viens vo⁹ aduertir que la folle Auft fie,
Par vn trouble nouueau change de fantaifie.
Elle eft aupres d'Ibere, & iure entre fes mains

De viure & de mourir suiuant ses grands desseins.

EVROPE.

O Dieux! que dites-vous?

AVSONIE.

    L'ingrate & l'infidelle?

EVROPE.

Ah! ie ne le puis croire.

FRANCION.

    On peut tout croire d'elle.

LILIAN.

Princesse, il est ainsi.

EVROPE.

    Quoy? traistresse à ce point?
Vrayement cela m'estonne.

FRANCION.

    Et ne m'estonne point.

EVROPE.

Vous auez, Francion, sujet de vous en plaindre.

FRANCION.

Ie n'espere rien d'elle, & n'en ay rien à craindre.
Nul de ses changements iamais ne me surprît.
Pour deuenir meschante il ne faut point d'esprit.
Pour estre ingrat, sans foy, trompeur, perfide &
   traistre,
Il ne faut nul sçauoir, suffit le vouloir estre.
I'ay trop fait : mais quel bien feroit-on icy bas,
Si l'on craignoit tousiours de faire des ingrats?
Des crimes le pariure est la source seconde.
Qui trahit son honneur, peut trahir tout le monde.

Apres tãt de fermẽs qu'elle a faits dãs mes mains,
Qui peut tromper les Dieux peut tromper les hu-
   mains.
Par l'éclat du bien-fait la perfidie éclatte.
Ie ne la mettray plus au bazard d'eſtre ingrate,
Qu'elle demeure en proye, & porte iuſtement
La peine que merite vn tel déreglement.
En ſe donnant à tous, elle n'eſt à perſonne.
A mon iuſte courroux le Ciel me l'abandonne.
Ce n'eſt pas me quitter quand elle rompt ſa foy.
C'eſt quitter tous les biens qu'elle a receuz de moy:
C'eſt quitter ſon honneur, & n'en faire aucun cõpte.
Rien ne la ſuit par tout que ſon crime & ſa honte.
Elle a perdu l'eſprit, & le Ciel l'a permis
Pour ranger les méſchans parmy mes ennenis.
Que leur cãp s'en rempliſſe, & le mien s'en épure.
Soit auec eux vne ame & traiſtreſſe & parjure,
Pour les troubler ſans ceſſe, & pour les desvnir.
I'auray pour moy des Dieux qui la doiuent punir.

EVROPE.

Mais quel eſt ſon eſpoir?

LILIAN.

      L'aſſiſtance d'Ibere.

EVROPE.

Toutefois elle pert bien plus qu'elle n'eſpere.
Dans vn ſort incertain c'eſt bien mal ſe pouruoir,
De quitter des effets pour ſe nourrir d'eſpoir.

AVSONIE.

Il reuient.

EVROPE.

EVROPE.

Euitons-le.

FRANCION.

Vn moment, ie vous quitte;

Ie m'en vay preuenir vn grand coup qu'il medite.

SCENE VIII.

IBERE.

Ruelle ambition, *peste du genre humain,*

Et plus cruelle encor à qui te porte au sein;

Qui ne te peux borner de la terre & de l'onde:

Qui par l'esprit d'vn seul peux troubler tout le

    monde;

Tu me promets encore. auide passion,

Que i'auray l'heur enfin de perdre Francion;

Et qu'enfin malgré luy tu seras assouuie,

Et verras dans mes fers cette Europe affermie;

Vne seule auenture octroyée à mes vœux,

Me sera posseder la Reyne que ie veux.

M

SCENE IX.

HISPALE, IBERE, PARTHENOPE,
MELANIE, AVSTRASIE.

HISPALE.

Eigneur, à mon recit que vos sens soient
    tranquilles.
Ie viens vous annoncer la perte de trois villes.

IBERE.

Hé bien, m'oste le Ciel les villes qu'il voudra
Peut-estre vn accident bien-tost me les rendra.

MELANIE.

Ah! mon maistre, à l'estroit on estraint vos frontie-
On vous a reuolté deux Prouinces entieres.   (res:

IBERE.

Il ne faut qu'vn bonheur, & deuant peu d'hyuers,
Pour frontieres i'auray les bouts de l'Vniuers.

PARTHENOPE.

Ah! Seigneur, ie ne puis qu'en larmes ie ne fonde:
Vous auez à ce coup perdu le nouueau monde.

IBERE.

N'importe: par vn trait conceu dans mon ceruean,
Ie pourray posseder le vieil & le nouueau.

AVSTRASIE.

Ah! Prince;   IBERE.
       Taisez-vous, ô langues importunes.
Qu'on ne m'annonce plus de mauuaises fortunes.

GERMANIQVE.

Ah! ſçachez.   **IBERE.**

Ie ſçay tout, ie ſuis trop aduerty
Que les Princes Alpins ont quitté mon party:
Que Francion a pris par ſecrette pratique
Le Port que ie gardois en la mer Liguſtique:
Qu'à ma veuë il a pris malgré tous mes efforts
La clef de mon Eſtat, le plus grand de mes Forts;
Que les ſiens dans mes champs m'on deffait deux
      armées:
Que d'vn autre coſté ſes troupes animées
Deſia de Melanie ont écorné l'Eſtat:
Mais vn coup que i'attends me vẽd tout ſans cõbat.
Que le Ciel, que l'enfer, que la mer, que la terre
Aſſemblent leurs efforts pour me faire la guerre;
Ie ne trembleray pas malgré tout leur pouuoir.
Non non, i'eſpere encore aux coups du deſeſpoir.

SCENE DERNIERE.

**FRANCION, IBERE, GERMANIQVE,
EVROPE, AVSONIE, AVSTRASIE,
MELANIE, PARTHENOPE,
LILIAN, HISPALE.**

FRANCION.

'Ay diſſipé des miens les entrepriſes noires.
Qu'Ibere nourriſſoit pour borner mes victoi-
res;

Et pour comble d'honneur la place est en mes mains,
Par où pouuoient vn iour s'éclorre leurs desseins.

IBERE.

Ah! c'est là mon malheur. Nul espoir ne me reste,
Voilà, voila le coup à ma grandeur funeste.
I'attendois en Iberes par ce complot puissant,
De reuoir tout à coup mon pouuoir renaissant.
Soustien-moy, Germanique, en ce malheur extreme.

GERMANIQVE.

Helas! ie ne puis pas me soustenir moy-mesme.

FRANCION.

Germanique, admirez l'offre que ie vous fais:
Tout vainqueur que ie suis ie vous offre la paix,
Si vous faites qu'Ibere instruit par sa foiblesse
Perde auec ce qu'il perd l'ardeur pour la Princesse.

GERMANIQVE.

Les grãds coups du malheur ont endormy ses sens,
Mais ses maux le rendront plus sage par le temps.
Dans vn si triste estat il ne sçauroit m'entendre.

EVROPE.

S'il n'a vostre secours il ne peut rien pretendre.

GERMANIQVE.

Ouy, ie vous feray voir, s'il suit sa guerison,
Que si i'ayme mon sang, i'ayme plus la raison.

FRANCION.

Ie l'ay tousiours suiuie, & ie suis raisonnable,
Me soufmettant encor à tout iuge equitable.

GERMANIQVE.

I'en croiray l'equité.

EVROPE.

Tous deux estans d'accord
Vous me donnez la paix : ie ne crains nul effort.
Que le Ciel, Francion, tousiours vous fauorise,
Et vos chers Alliez autheurs de ma franchise.
Germanique en mon cœur tiendra ce mesme rang.
Ie vous aymeray tous : vous estes tous mon sang.
Ibere l'est aussi : s'il estouffe sa flame
Ie luy reserue encor vne place en mon ame,

FIN.

CLEF.

PERSONNAGES.

LA REYNE EVROPE *Represête* l'Europe.
FRANCION.   Le François.
IBERE. l'Espagnol.
AVSONIE. lItalie.
PARTHENOPE. Naples.
MELANIE   Milan.
AVSTRASIE. La Lorraine.
LILIAN   Suiuant de Francion.
HISPALE.   Suiuant d'Ibere.

Albione, *Signifie l'Angleterre.*
Alpine. *Madame de Sauoye.*
La Roche rebelle. *La Rochelle.*
Vn Prince mort chez Ausonie. *Le vieux Duc
     de Mantoüe.*
Vn seul prisonnier. *François premier.*
Vn Prince auguste voisin d Austrasie. *l'Ele-
ﬆeur de Treues.*
Vn Prince Germain du sang d'Albione.   *Le
     Roy de Boheme.*
Vn Prince qui s'établit en vn droit legitime.
     Le Duc de Neuers, Duc de Mantoüe.
Trois nœuds de cheueux d'Austrasie. *Cler-
mont, Stenay & Iamets.*

La boite de diamans d'Auſtraſie. *Nancy.*

Les deſtructeurs d'Autels. *Lutheriens & Cal-
uiniſtes.*

Ceux qu'il a fait venir du bout de l'Vniuers,
ou de la mer glaciale. *Les Suedois.*

Ce grand Roy, ce puiſſant Conquerant. *Le
Roy de Suede.*

Ces grands Chefs de ſa cendre enfantez. *Les
Chefs Suedois.*

Ce Saxon. *Le Duc de Veymar.*

Vn Prince qui du peuple affranchy commande les armées. *Le Prince d'Orange.*

Les biens des Preſtres mitrez. *Les Eueſchez
que le Roy d'Hongrie a donnez aux Lutheriens.*

Des peuples affranchis qui cherchent mon ſecours. *Les Catalans.*

I'aſſiſte vn Roy. *Le Roy de Portugal.*

Trois Puiſſances Royales. *Les Roys d'eſpagne,
d'Hongrie & d'Angleterre.*

Trois Couronnes Ducales. *Sauoye, Mantouë,
Lorraine.*

Le Port de la mer Liguſtique. *Monaco.*

La clef de l'Eſtat d'Ibere. *Perpignan.*

De Melanie ont eſcorné l'Eſtat. *Priſe de Tor-
tone.*

La place eſt en mes mains. *Sedan.*

www.ingramcontent.com/pod-product-compliance
Ingram Content Group UK Ltd.
Pitfield, Milton Keynes, MK11 3LW, UK
UKHW031840170726
13836UKWH00004B/1785